チェーホフの生涯

イレーヌ・ネミロフスキー　芝盛行 訳・解説

未知谷
Publisher Michitani

序文

ジャン‐ジャック・ベルナール

イレーヌ・ネミロフスキーは一九四二年七月、ニエーヴル県内のイシー・レヴェック[*1]で逮捕された。ピティヴィエの収容所に送られ、数日後外国の強制収容所に移送された。それ以降彼女の消息を聞いた者はいない。

四か月後、彼女の夫と二人の義弟が逮捕された。彼らも強制収容所に移送され、姿を消した。イレーヌ・ネミロフスキーは二人の娘を残している。彼女たちの悲劇は無数の悲劇の象徴である。ヨーロッパには孤児がまき散らされている……とはいえ、これはしっかり言っておかねばならない――幸いにもイレーヌは生きている子どもたちを残して去った。子どもを失って生き延びた者を前にして彼女は特権者だと。

今日想像力を現実の水準に据えるにはある努力が必要である。恐怖は多くの人間に平凡と見えるほど日常にあふれ返っている。ある者たちは本能的に目を逸らしてそれから逃げようとし、他の者たちは鈍化するほど感性を働かせ過ぎてしまっている。

これほど上質な知性、これほど練磨された芸術家気質、これほど卓越した資性をもった一人の女性がポーランドかシレジアで非業の死を遂げる、その重大性がほとんど日常茶飯事の域を出ない。他に膨大な数の人間が殺戮された。六百万人の犠牲者も六百万人プラス一人の犠牲者も、罪、底なしの深淵の深さを測れば全く同じである。ある犠牲者を他の犠牲者以上に悼《いた》むのは慎みを欠くかもしれない。最も目立たぬ者にも最も華々しい者と同じ価値があるのだから。

とはいえ私たちがこの女性に特別な目を注ぎ、痛恨の念をつけ加えることを許されたい。

イレーヌ・ネミロフスキーは、讃美者たちを手持ち無沙汰ではおかない。最後の日まで彼女は仕事をした。作品は彼女とともに途絶しない。貴重な原稿が出版済みの作品に加わり、彼女の文学はしっかりと生き残るだろう。ニエーヴルでの疎開中、彼女はロシアの生活を描く連作長篇の準備をしていた。残念ながらそれは断片しか残っていないが、私たちは完結した長篇「この世の富」[*2]と二三の中篇小説の登場を目にするだろう。そしてまず初めに、彼女が姿を消し、もはや人が彼女を待たなくなったこの時、イレーヌ・ネミロフスキーの想像世界の中に現実の人物がだしぬけに登場する——アントン・チェーホフ。

彼はそこに不似合いではあるまい。イレーヌ・ネミロフスキーの世界は確かに想像上のものだが、それは事実、極めて生々しい。彼女は実在の人物を登場させ、モデル小説を書くことをずっと自ら禁じていた。だが、登場人物が現実でないと認めるとしても、彼らがなんと真実か！　そして重要なのはそれなのだ。屈強な実業家であれ、平衡を失った娘であれ、逆境に捕らわれた青年であれ、目の眩むようなダヴィッド・ゴルデルであれ、「孤独のワイン」の不安なエレーヌであれ、「盤上の駒」の若きクリストフであれ、「アダ」のひ弱なアダであれ、あるいは更に「語られた映画」所収の驚くべき中篇のヒロインたちであれ、熱い頭脳から創造された全ての登場人物は、人間の腐植土の真っ只中にまみれ、生命、活力、情熱を糧とし、歓びにつけ、苦しみにつけ、私たちの兄弟、姉妹なのだ……本当の芸術的転換がここにはある。イレーヌ・ネミロフスキーは実際十五年に満たない創作活動で、豊かな人間像の陳列室を残すだろう。人間こそがその根底にあるから。

彼女の作品からあるライトモチーフを引き出すことができる——追放、西欧の国での人生との闘い。キエフで生まれたイレーヌはフランスに来るために生地を離れた。そして多くの主人公たちが同じ曲線をたどる。多くが彼女のように、私たちの国にやって来て、生き、戦い、苦しむ。だから、彼らは彼女自身の経験を滋養にしている。彼女のどれだけの長篇小説の中に、ウクライナの町や村での幼年時代の雰囲気を、そして私たちの首都での青春の雰囲気を見出すことか！……

人生の起点にあったドラマが彼女の創造する者たちを人間にした。だがドラマチックに始まった人生は悲劇に終わった。東で生まれたイレーヌは東に行って死んだ。生まれた土地で生きることを奪われ、選んだ土地で死ぬことを奪われた。この二つのページの間に、あまりにも短く、しかし輝かしい人生が刻み込まれる。若いロシア女性は私たちの言葉の芳名録を、豊かにするページを記しに来てくれたのだ。私たちの国で彼女が過ごした二十年のために、私たちは彼女における一人のフランス作家を悼む。

チェーホフの劇作品は今日、フランスでよく知られている。しかし長い間、彼は私たちにとって遠い名前に過ぎなかった。これほどより巧みな演出が難しい作品は少ない。スタニスラフスキー一座が

「桜の園」をパリに上演しに来た時、それは一つの啓示であった。それからジョルジュ・ピトエフ[*3]が「ワーニャ伯父さん」のような、「かもめ」のような、「三人姉妹」のような作品にどんなリズムを与える必要があるかを私たちに示してくれた。これは比類ない授業だった。ピトエフはチェーホフの点描画法（pointillism）と一致する巧みな点描画法の秘密を持ち、緩《ゆる》やかで、整然として、言いようのない包囲によって深い人間性を引き出した。極めて繊細で個性的、同時に極めてロシア的で人間的なドラマツルギーを生き生きと私たちに見せるために、この偉大な芸術家は、その出自から、フランス語でロシア語を考えるという特権的な能力を持ち合わせていた。ピトエフがチェーホフの戯曲において成功したこと、イレーヌ・ネミロフスキーはそれを彼の生涯においてやってのけた。

理由は同じである。ロシア生まれだが、フランス語で育った彼女は自分のものとなった我が国に深く溶け込み、その作品の文体に外国の出自を思わせるものは何もない。しかし、彼女の奥深い感性は、自《おの》ずから、生まれた国、その人間たち、その作品と一致したままであった。チェーホフの感性を前にして彼女はまるで同じ地面にいるようだった。移し替える必要はなく、自分の心を開くだけで充分だった。アントン・チェーホフが「三人姉妹」や「ワーニャ伯父さん」の物語を私たちに語るように、ジョルジュとリュドミラ・ピトエフが生き生きとそれを舞台で私たちに見せるように、イレーヌ・ネミロフスキーは私たちにアントン・チェーホフを語る。

もし人生の在りようをあえてやり方と呼ぶなら、それらは同じやり方である。同じタッチが続き、その一つ一つが協力して全体の印象を創る。一見取るに足りぬディテールさえ、どれ一つとして無用ではない。それは生命のリズムである。それは緩やかで透徹した人生の包囲である。読者は、観客同様、そっと閉じ込められ、軽やかな手で運び去られ、日常の夢幻劇に混じり合う。往々にして彼は説明しない。時に彼はちょっと抗《あらが》う。だが媚薬は強烈である。誘惑は知らぬ間に効いてくる。最も些細なディテールに、愛撫の甘さがある。だがその効果はたこの足のように拡がる。チェーホフのブルジョワ劇はそんなふうだ。彼の言葉を私たちの言葉と同じように上手に話した女性が語る彼の人生もそんなふうである。彼女は、あらゆる真実の中で、歓び、苦しみ、希望、後悔、人間的で卓越した感性とともにその人生を私たちに復元してみせる。

ピトエフはチェーホフの戯曲において余計なものは何一つない、と主張していた。そこでは些細な事実が人生と交わり、チェーホフは何一つ偶然に委ねない。一つ仕草を変えれば、彼が私たちに人生を生き生きと見せる緩やかな包囲を裏切ってしまう。ひょっとしてこうした忠実さを行き過ぎと見る向きもあるだろう。実際演出家が台本を変えながらそれに仕える傾向を持たないとしたら意外なことだ。だがピトエフは時に意外なことをやってのけた。

チェーホフの戯曲を特徴づけるディテールの完璧さ、私たちはそれを彼の中篇小説に見出す。それらは我が国ではるかに知られていない。それぞれが小さなドラマである。いくつかの作品、いくつかのページはミニチュア版のドラマである。イレーヌ・ネミロフスキーのような上質な作家の手で優れた翻訳がなされていればよかったのだが。

少なくとも、これから先、私たちには欠けていた彼の生涯のイメージがある。私が読者にお薦めできることはただ一つ。私自身が入ったようにその人生の中に入って行くことだ。親密な知り合いではないが好意を持っていた珍しい人の家に入り込むように。読者の発見は何らぶしつけにはなるまい。

読者が見出す人物はその日常生活を知ったからといって、貶《おとし》められまい。多くの伝記、多くの回想録には、ぶしつけで、下劣なところがある！　まるで伝記作者は偶像を引きずり下ろし、天才の蔽いの下にしばしば隠れている小人を見つけて密かな歓びを味わうかのようだ。安易な遊びである。天才は無数の弱点を隠している。それは彼の代償であり、苦悩である。だが彼はその弱点を糧とし、時としてその肥料から最良の果実を引き出す。多くの場合、自身小人に過ぎない伝記作者には、本能的に、果実よりも肥料を見せる傾向がある。彼は多かれ少なかれ意識的に、読者はつまらぬ話、それにつまらぬスキャンダルまで好むと思ってはいないか？　普段着の偉大な人物は私たちの不幸をことごとく持ち合わせている。そのうえ、自分の不幸まで持っているのだ。彼を月並みな水準に落とす意地の悪い歓び、結構な宣伝の見返り、それが、大部分の伝記小説を動かす力である。

　ここにはそんなものは一切ない。私たちに明らかにされる人物は不幸な話で貶められない。貧困、たくさんの家族、病気、アントン・チェーホフは人生のあらゆる困難を知っていた。それらが美辞麗句抜きで、率直に私たちに語られる。彼は逆境から成長して抜け出す。私たちは作品を通してしか彼を愛し、尊敬していなかった。今、私たちは一層彼を愛し、尊敬することができる。この伝記作者に感謝を捧げたい。彼女は世界文学の歴史に感動的な一章を刻む。イレーヌ・ネミロフスキーを通して、チェーホフはさらに我が国に身近となり、私たちは彼との関係を一層良いものに感じるだろう。

　彼が私たちの模範ならば、単にその作品によるのではなく、またその人生によるものだ。勇気の、根気の、労働の模範。確かに彼は、物質的困難にも拘らず、比較的容易《たやす》く世に出た。二十六歳で既に知られた存在だった。早々に有名になった。初期の中篇小説をいとも簡単に書いた。だがなんたる呵責の念、なんたる自分への疑い！　実名を記すことをはばかるまでに。彼には自分を信頼させてくれる激励が必要だった。一八八六年に彼がグリゴローヴィチから受け取った美しい手紙、感動した彼の返事について考えてみよう。この行動は若い作家に確実に影響を与えた。自分の価値に対するより重大な意識を与えた。おそらく、彼が自分を律する手助けをした。グリゴローヴィチは六十五歳を超えていた。たまたま読んだチェーホフの短篇が彼を感動させた。彼は新しい才能の類まれな資質、有望さを感じたが、同時に駆け出しの作家がどんな値段でも、何でもかんでも書いてしまう危うさを感じた。彼は若き同業者に励ましと助言の二重の配慮を込めて書き送った。彼の讃辞、それを蔽《おお》う花々に二つの短い言葉が混じる。人は急ぎ過ぎる駆け出しの作家に対して必ずしも告げる勇気を持たないが、私にはこれこそが老作家が若い同業者に与え得る信頼、感嘆、友情の最大の証《あかし》と思える。

〝やっつけ仕事は一切止《や》めること……むしろひもじさに耐えることです〟

人として、私たちフランス人とチェーホフの間を隔てる幕、イレーヌ・ネミロフスキーはそれを剥《は》ぎ取った。だが彼女は生命の彼方から、私たちにその肖像を紹介する。こんな事情は私たちの発見の感動を募《つの》らせるばかりだ。

チェーホフの生涯は短かった。病はあまりにも早く彼を奪い去った。イレーヌもまたあまりにも早く逝ってしまった。彼女を奪い去った病は彼女のみならず、世界に猛威を振《ふる》った。そして、人はこの運命のいずれがより悲劇的か自ら問うことができる。猶予、休止、そして歓びさえ、あるいは少なくとも錯覚の余地を残す結核は、イレーヌの死刑執行人が正に欠いていた人間的な何かをまだしも持ってはいないか？

（一九四六年）

＊1　フランス、ブルゴーニュ地方の田舎町。イレーヌは一九三九年九月、二人の娘を同地に疎開させ、ドイツ軍がフランスに侵攻した一九四〇年五月、自身パリからこの地に居を移し、後に夫も合流した。本作「チェーホフの生涯」「この世の富」「血の熱」「秋の火」「フランス組曲」の他、多くの短篇がこの地で執筆された。「血の熱」「フランス組曲：第二部ドルチェ」の舞台はこの地をモデルとしていると思われる。

＊2　両次大戦間のフランスの地方ブルジョワ一族を題材とする年代記的長篇小説。一九四一年四月から六月にかけて有力雑誌『グランゴアール』に匿名で連載され、一九四七年、本書に次ぎ、アルバン・ミシェル社からイレーヌ・ネミロフスキーの名において刊行された。邦訳既刊。

＊3　一八八四〜一九三九　アルメニア系ロシアの演出家、俳優。ヨーロッパ各地で多彩な演劇活動を展開。一九二〇年代、パリで「ワーニャ伯父さん」「かもめ」「三人姉妹」を上演、高い評価を受けた。後述のリュドミラ夫人は名女優と謳われ、彼の多くの作品でヒロインを演じた。

補遺　本書刊行時に序文を寄せたジャン＝ジャック・ベルナール（一八八八〜一九七二）はフランスの劇作家で、高名な劇作家の父、トリスタン・ベルナールともどもネミロフスキー一家と親しく、一九三〇年代半ばにパリのネミロフスキー家で頻繁に開かれたロシア風パーティーの常連客でした。彼自身ユダヤ人でフランス北部コンピエーニュ強制収容所に収容されていましたが、一九四二年健康上の理由から釈放されています。戦後、収容所の非人間的な体制を告発する「ゆるやかな死の収容所」を発表。序文には戦火の余燼冷めやらぬ時代相が如実に感じられ、また盟友イレーヌに贈る痛恨、哀悼の念が溢れています。フランスに於いてチェーホフがどのように受け容れられてきたか、またその歴史の中で本書が果たすべき役割も理解できるでしょう。

目次

（父）パーヴェル・エゴロヴィッチ

（母）エヴゲーニア・ヤコヴレーヴナ

（長兄）アレクサンドル（サーシャ）

（次兄）ニコライ（コーリャ）

アントン

（妻）オリガ・クニッペル

（弟）イヴァン

（妹）マリア（マーシャ）

（末弟）ミハイル

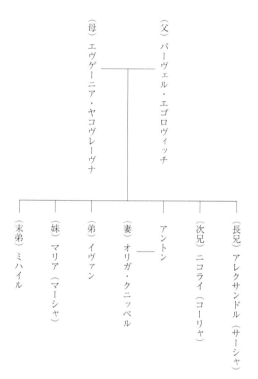

チェーホフの生涯

1

少年が大きなトランクに腰かけて泣いていた。兄さんが友だちでいるのを拒《こば》んだから。どうして？

二人はけんかしていなかった。

少年は声を震わせて繰り返した。

「友だちでいてよ、サーシャ*」

だがサーシャは見下《みくだ》した冷たい目で少年を見た。弟のアントンより五つ年上の彼は学校に行き、恋をしていた。

アントンは悲しく思った。

「友だちでいようって言い出したのは兄さんじゃないか」

それは本当に、ずっと前のことだった。何年か……一週間か……だいたいサーシャがおもちゃを全部ぶん捕るつもりで友だちになったのは分かってるぞ、と少年は思っていた。でもそんなの大したことじゃないさ。二人でいると凄く楽しかった。もっと甘やかされた他の子どもたちには、二人の楽しみなんか貧乏ったらしく見えたかもしれない。だけどその子たちこそ凄く変に育てられたんだ！　この前、その一人にアントンは聞いてみた。

「家でしょっちゅう鞭で叩かれる？」

するとその子は答えた。

「全然」

あいつが嘘つきだったのか、それとも……人生は本当に奇妙だった。そう、二人は凄く楽しかった。父さんの店で空き箱を盗んで、ずらっと並べる。床に仰向けに寝そべって見ると、それが薄暗いランプに照らされて、宮殿の入り口に運ばれたみたいな気がするんだ。そこじゃあ木の兵隊だって暮らしてるぞ。近所の果樹園で果物を摘んで、二人でこっそり食べた。二人で変装した。二人で海水浴をした。もうそれが全部お終いになっちゃった、ナイフで切られたみたいに。

サーシャは弟に最後の一瞥をくれて出て行った。アントン、こんながき相手にできないぜ。分かり合えるもんか。彼は気取って市立公園に出かけた。アントンはトランクの上に一人残された。子ども部屋は小さく、見すぼらしかった。窓ガラスは曇り、床は汚れていた。外はぬかるんでいた。サーシャとアントン・チェーホフが暮らすこの南ロシアの小都市の通りはどこもそうだった。

家から出てしばらく歩くと海岸に着き、別の方向に歩いて行くと、野生の大草原《ステップ》が広がっていた。家の中では〝大部屋〟から家の側の地面に建てた小さな台所に行く母さんのせわしない足音が聞こえた。六人子どもがいて、家政婦はいない。一家の母には仕事があった。父さんが大きな声で神に祈り、歌う声が聞えた。突然お祈りが止み、泣き叫ぶ声がアントンの耳に届いた。父さんが店の小僧の一人を殴っていた。それは長い間続き、聖歌がまた始まったが、突然怒声に遮《さえぎ》られた。

「馬鹿もん！」父さんがアントンの母さんを怒鳴りつけていた「このまぬけが！」

少年は驚きも怒りも感じなかった。同じように不幸だとも思わなかった。こんなの全部毎日のこと……ただ、彼の胸は締めつけられた。一人ぼっちが悲しく、同時に嬉しかった。一人だと、いつもちょっと怖い、でも、少なくとも、誰にも悩まされないし、誰にも叩かれない。ところが、しばらくすると、増々心配になった。彼は部屋を出て、母さんを探しに行った。母さんはひ弱でおどおどしていた。泣いて、大声で、自分の夫と人生を嘆いた。聞く者はなく、母さんは人のいない所で泣き叫んでいた。誰もがその涙に慣れてしまっていた。

もしかして、明日、母さんが船を漕ぎ出すことを許してくれて、僕が持ち帰る魚を食べてくれないかな？　そう思うと、アントンはとても嬉しく、お茶目で優しい歓びを感じた。

もうじき家族は食事を摂り、それから最後のお祈りをするだろう、そんなふうに一日は終わるんだ。

＊　アントン・チェーホフの長兄アレクサンドルの愛称。

2

チェーホフ一家が借りていた家は中庭の奥にあった。塀には粘土が塗りつけられていた。泥、雑草、レンガのかけらとごみに覆われた中庭が乱暴に踏まれて、片方は正面の入り口に、もう一方は馬小屋に向かう小道ができていた。あばらやは傾《かし》いでいるようで、老婆みたいに縮んでくたびれていた。雨の日は樋《とい》の下に桶を置いて水を溜めた。水は手に入れにくく、貴重だった。小さなガラス窓、木の庇《ひさし》、三つの小部屋と台所、それがアントンの生まれた家だった。父さんの領分、〝大部屋〟があり、もっと小さな両親の寝室、アントンの木のゆりかごのあるもっと小さな子ども部屋があった。〝大部屋〟では信心深い正教徒の習いとして、片隅にイコン（聖像画）が飾られ、昼も夜も一本の小さな蠟燭《ろうそく》がその前に灯されていた。三角の台の上に、ミサ典書、聖書が置かれ、銅の燭台に立てられた大蠟燭がそれを照らし、教会が定めた日には、チェーホフ父さんが聖像の前でお香を炊かせた。彼は貧乏でけちだったが、お香には決して糸目をつけなかった。本物の煙が立ち上って部屋を満たし、台所の玉ねぎのきつい匂いも混じって息が詰まった。

家の後ろにアカシアが生い茂っていた。春には汚い中庭がその花で被われた。アゾフ海を望んで建設されたその都市はタガンローグと呼ばれた。そこには〝ほぼヨーロッパ風の通り〟があったと、人々は誇らしげに語った。三、四階まである建物、劇場、大きな商店を見なかったか？　綴り違いのない看板を見つけるのは難しかったが、そんなことを誰が気にしよう？　その代り、歩道と車道は百メートルに渡って舗装されていた。ロシアの都市の全てがこんな繁栄を誇れるわけではなかった。だが、ちょっと遠ざかると、歩道だけになり、さらに遠ざかると、それが泥んこの通り道になった。チェーホフ一家はそこに住んでいた。街はずれからステップが始まっていた。山もなければ、森もない、この宏大に広がる大地を、東方、アジアから来る烈風が吹き抜けた。冬、その風は雪を孕んでいた。夏、それは激しい嵐となって吹きすさんだ。港は、季節毎に、一層砂に埋まっていった。ところが、タガンローグは港が肝心要《かんじんかなめ》の交易都市だった。昔、ピョートル大帝は、トルコ人から自分の資産を守るために、この未開の地に砦を築かせ、それから港を創った。そしてタガンローグは十九世紀の初頭には繁栄を謳歌していた。小麦の輸出港として、ロストフ・ナ・ドヌーも、オデッサも、ここに首位の座を譲っていた。

あの頃のタガンローグは活気があったなあ、老人たちはため息まじりにそう語った。「ロシア最高の俳優たちがここに演じに来たもんさ。イタリアオペラもやったぞ、オデッサみたいな、ひとかどの南の都市ならどこでもやったが……」それから困難な時代がやってきた。幾世紀もの間、河から運ばれた砂は終いには海底を持ち上げ、船には危険になった……それに近代の船舶は大き過ぎた……遂に失墜の極み！　以降鉄道はライヴァルのロストフ・ナ・ドヌーからウラジカフカスに直結し、タガンローグは無用になって、荒廃した。

何年かのうちに、小さな都市はぼんやりと眠るような雰囲気になった。真っ青な空、太陽、海が、遠くからは楽しげに見えたが、ひとたび入ると、「なんて汚い、なんて無知な、なんて空ろな！」泥と静けさ、旅人たちが気づくのはそれだった。秋に、雪が溶けたタガンローグを横切るには、小川を渡るように石から石に飛び移らねばならず、足を踏み外すと膝まで泥の海に浸かってしまった。夏は暑い通りに、どうにも払いのけられない分厚い土埃が舞った。犬が野菜の屑を嗅いでいた、中庭でハーモニカが聞こえた、二人の酔っぱらいが喧嘩していた……たまに通行人が長靴を引きずる音が聞こえた。屋根や扉を修繕したり、家を塗り直そうと思う者など誰もいなかった。誰もが何事にも甘んじていた。

ロシアのこんな田舎は〝つんぼの町々〟と呼ばれていた。そして確かに、これ以上ふさわしい名前はなかった。町々の静けさは深かった。世界の物音に耳を塞《ふさ》いでいた。たっぷり食事をした後の住民たちのように、町々は眠っていた。ほんのちょっとでも空気がそよぐと鎧戸を閉じ、窓を閉めた。うつろな心で、ツァーリ（ロシア皇帝）と神の規則に従った。

しかし世界で一番見捨てられた、惨めな一隅は、一人の子どもにとって、変化と生命に満ち溢れていた。だから幼いアントンは生まれた町で決して退屈しなかった。絶えず新しくなる興味をこめて船、港、海を眺めた。ミトロファン叔父さんの家に食事に行くのが楽しみだった。叔父さんは時にはおこずかいをくれた。中庭に雑草の生い茂った似たり寄ったりの小さな家々、彼はそこに暮らす人たちの名前を知っていた。まるで兄弟か母さんのように、彼らの暮らしの細々したことを全部知っていた。昨日の晩何を食べたか、誰が死んで、誰が生まれたか、誰が娘を結婚させたがっていたか。彼は公園を散歩するのが好きで、公園のテラスは海まで下《くだ》っていた。

残念ながら、こんな自由、こんな大きな歓びがしょっちゅう許されるわけではなかった。春の宵、彼は木の庇《ひさし》の下の、ちょっと地面に埋まってねじ曲がった階段に腰かけた。小さな庇はどこの家にもあり、家族たちは昼の暑さが去ると、そこで身を寛《くつろ》げた。母親はしばらくミシンから離れた。子どもたちは喧嘩した。遠くから公園で軍楽隊が奏でる最初の調べが聞こえてきた。埃っぽい空気を通して聞こえる太鼓の響き、金管楽器の大音響は、軽く、穏やかになり、雄々しい逞しさを失って、どことなく哀愁を帯びてきた。

その時、父さんが現れた。彼は広い肩、大きな髭、分厚い手をしていた。

「働きに行け、アントーシャ」至極《しごく》なまけ者でぼんやり空ばかり見ている父さんが言った。

「店に行け。働きに行くんだ」

3

チェーホフ一家には六人の子ども――五人の息子と一人の娘がいた。二人の兄、アレクサンドル(サーシャ)とニコライはもう思春期のひょろっとしたなりをしていた。痩せた胸、長すぎる腕、それに内気で気取った雰囲気。二人はタガンローグとその住民たちを見下し始め、モスクワを夢見て、父親の命令をむすっとして聞いた。まだ無礼とまではいかなかったが、その目が反発していた。殴られた時、二人は人間の尊厳に加えられた傷と自殺について、脅すような声で語った。母さんは神に祈り、父さんに聞こえないように扉を閉めた。

アントンはまだ子どもだった。美少年で、ブロンド、透き通った肌、のびやかな顔立ちに穏やかで楽しそうな表情を浮かべていた。四男坊のイヴァンは兄弟の間で評判が悪かった。用心深く横柄で、いつも食卓の一番美味しいもの、ストーブの側の一等席を狙っている、と言われていた。一番幼い二人、マリアとミハイルは物の数ではなかった。四つと三つで、母さん以外に興味がなかった。

みんな見たところ丈夫そうだった。彼らは港の中を駆けずりまわる黄色い肌をしたギリシャのちびたちや、肩が曲がったユダヤのちびたちを哀れんでじろじろ眺められた。チェーホフ一家、彼らは頑健な種族――農民だった。何世代にも渡って、厳しい冬、飢え、過剰な労働、げんこつに無事《ぶじ》耐えてきた。同時に子どもたちの健康は、父さんにも母さんにも、ごく当たり前で、心配なくこき使える神様の贈り物と思われた。僅かな浅い眠りも、穴のあいた靴で雪の中を走ることも、害にならなかった。清潔さは無用で、不道徳だった。祈りが魂を鍛える。体は主《しゅ》がお引き受けくださる。

タガンローグでは誰もがそんなふうに思っていた。そして彼らは間違っていなかった。気候も熱病も彼らの間に殆ど被害者を出さなかったから。タガンローグで保養した皇帝、アレクサンドル一世はそこに二か月と留まっていられなかった。彼は熱病の一つに罹《かか》り、そのせいで亡くなった。ところがもっと粗末な環境にある者たちは完全に治った。体に悪い水を飲み、怪しげな薬草でできた煎じ薬を病人に与え、傷口に蜘蛛の巣を被せても、人はよそより頻繁には死ななかった。

農民の体と命はそんなに大切な富ではなかった。そもそもチェーホフ一家の体が領主ではなく自分たちのものになってから、ほんの僅かな時間しか経っていなかった。彼らがその生身《なまみ》をひどく手荒く、ぞんざいに扱ったのは多分そのためだった。未開人が精巧な機械を預かり、面白がって調子を狂わせるようなものだった。アントンのお祖父さんは農奴の生まれだった。だが少しずつ家令の地位にまで昇り、一財産を築いた。農奴解放よりずっと前に自分と家族を買い取ることができた。一人頭七百ルーブル、それがロシアの農民エゴール・チェーフが彼自身と四人の息子のために領主に払った額だった。もう一人娘がいたが、そのための金はもうなかった。だが領主は気前よく、彼女をおまけしてくれた。十三個のりんごを十二個分で売るように。

エゴール・チェーフは賢く、厳しい男だった。領主たちの利益のために、彼らよりずっとうまく農民たちから搾り取る貴族の番犬の類《たぐい》だった。実際彼らは貧乏人の弱みも悪知恵も知っていた。彼はプラトーフ伯爵夫人のウクライナの宏大な領地の管理人になり、チェーホフ家の子どもたちは時々そこで休みを過ごした。

エゴールの息子たち、ミトロファンとパーヴェルは市街に住み着いた。だが彼らは決して豊かになれなかった。特にパーヴェル・エゴロヴィッチは悪運につきまとわれた。先ず商人の家の使用人になった。食わせてもらえず、虐待され、地べたで眠り、店を掃除し、俯《うつむ》いて平手打ちを受けた。今、彼はがっしりして、髭を蓄えた逞しい男になった。家族たちは彼に従い、その拳《こぶし》を受けた。彼は〝第三ギルドの商人〟だった。言わば、職人のすぐ上の階級だったが、タガンローグの栄光、誇りである小麦かワインの仲買人にはまだほど遠かった。雑貨店主で、〝紅茶、砂糖、コーヒー、石鹸、ソーセージ、その他植民地の産物〟を売っていた。店の戸口の看板に、黒地に金文字でそう書いてあった。

アントンは尊敬の目で父さんを見ていた。家の中、帳場の奥で、パーヴェル・エゴロヴィッチは揺るぎない主《あるじ》だった。ロシアの庶民階級の父親の絶対権力を握っていた。有力者には奴隷扱いされたが、自分の家庭では専制君主、オリエントの小国の王様としてふるまった。妻は黙るだけ、子どもたちは真っ直ぐ歩くだけだった。神の立場に立つ彼は、ひたすら神の御前《みまえ》で、全ての魂を良い道に導く責任を負っていた。どうやって導く？　神は男に強い拳《こぶし》をお与えになった。それに使うためだ。

アレクサンドルは彼のことを乱暴で、強欲で、ひどい奴だと言った。だがアレクサンドルはいつでも話をふくらませた。他人にも、自分自身にも嘘をつくのが好きだった。ある時は同情を買うため、ある時は人を楽しませるために。つけを払うのは自分の家族だった。アントンは時には父さんが好きになった。例えば、飲んでも酔っぱらわない。他の男たちは地面に転がっていた。チェーホフ父さんだけが、優しく陽気になって、そんな時は、惨めな少年時代にどうやって身に着けたか神のみぞ知る能力を思い出した。彼はバイオリンを弾き、歌を歌った。そう、父さんにはいいところがあった。だがすぐ命令に従わない者は気をつけろ！　あっという間に気まぐれな専制君主が目を覚ました。ちょっとでも逆らうと怒り狂った。食卓で、ポタージュがしょっぱ過ぎると、最高にひどいシーンが始まった。母さんは泣き出し、子どもたちは恐ろしさに震えあがった。

父さんは極度に信心深かった。強くあること、人を恐れさせることを神自身に命じられていると思っていた。その信仰は真摯で慎ましく、同時に、厚かましく粗野だった。自らの罪、彼は自分の中でそれを罰するだけでなく、とりわけ子どもたちの魂の中でそれを追いかけ回し、強力に罰した。彼は子どもたちを愛していた。だが子どもたちの弱さ、自分に頼っていることの中に、彼を苛立たせ、酔わせ、金切り声で悪口雑言を吐かせ、ピンタさせる何かがあった。彼は残酷ではなかった。ただ他人の痛みを感じないだけだった。手ひどいあつかいやげんこつで育てられた。それでもひどいもんにゃならなかった。妻、子どもたち、店の小僧どもに八つ当たりするなんざなんでもない。それだけのことった！　彼にはしょっちゅう怒る理由があった。この衰えていく町で商売はうまくいかなかった。そもそも彼は店が嫌いだった。一人の男が情熱なしに生きることはできない。そして、のんべえでも、女たらしでもなかった彼には、人生を彩り、全てを慰めてくれる素晴らしい情熱があった。彼の本当の人生はそこにあり、店も家も見せかけに過ぎなかった。彼は教会、ミサ、聖歌、祈り、お香の匂い、鐘の音を愛した。おそらく、全ての専制君主と同じように、彼は自分の孤独を感じていた。奴隷たちに囲まれちゃいるが、友はいない。教会は彼を鎮め、救いの、愛の幻影を与えたのか？　商売し、乏しい儲けを数えることに何の楽しみもなかった。声を張り上げるにはどんな口実でもよかった。

「サーシャ！　コーリャ！　アントーシャ！　わしは出かけるぞ。誰か一人、わしに代わって店番をしろ！」

教会はすぐ近くだった。その暗がりで、冷たい床に跪《ひざまず》き、長い時間たたずんでいると幸せだった。農民のがらがら声で正教教会の素晴らしい聖歌を歌うのはもっと良かった！　その間、がきどもは店で寒さに震えていた。全てが良かった。

そんな父さんを、アントンは許した。だが父さんがこんなにしょっちゅう自分に振るう鞭は決して忘れないぞ、と彼は思った。それは体の痛みではなく、恐ろしい屈辱感だった。父さんのために、そして自分自身のために、彼は恥じた。だが、やっぱり、言うことは何もなかった。彼は例外ではなく、兄弟たちも同じ扱いを受けた。父親なんて皆自分の父さんみたいなもの、と彼は思っていた。

それは事実だった。一八七〇年頃のタガンローグの人間たちは他の時代、或いは他の国より、意地悪くはなかった。そう、乱暴はつまり体と魂を鍛える習慣だった。人生が酷《むご》く、悲しくとも、人はいつもそう感じるわけではなかった。アントンのような幼い少年はそれを忘れた。とはいえ、野蛮さ、悲しみは絶えずそこに背景としてあり、終《しま》いにはそれが一番無邪気な喜びと混じり合った。アントンは陽気で、元気で、人をからかうのが好きな生まれつきだった。だが完全に幸せではいられなかった。本能的に優雅さや、善良な人柄や、礼儀正しさが好きだったが、周囲は何もかも下劣でぎすぎすしていた。父さんは動物を苛め、嘘をつき、誓いに背いた。その同じ口が祈りを唱え、殴られたばかりのごつい手にキスしなければならなかった。それが父さんの手で、〝父さんの力は神からの授《さず》かりもの〟だったから。

4

母さんは自分のことを話すのが好きではなかった。ほっそりして、繊細な顔立をして、優しくて大人しかった。

台所で働いていない時、彼女はミシンの前に坐っていた。自分で六人の子どもたちの服を作った。彼女の心は、簡単そうでいて、なかなか解決が見つからない問題につきまとわれていた。アントンのオーバーをどうやってあと一年もたせようか。マリアのドレスを延ばすための生地をどこで手に入れようか?

彼女は子どもたちを、とりわけアントンを深く愛していた。この子は私に同情してるみたい。この子を腕に抱いて、優しくさすって、お話をしてあげたい。でも時間がなかった。いつも仕事に追われていた。キスや優しい言葉を使えない(あるいは使い方を知らない)この愛情は、心に残って彼女を苦しめた。子どもたちに食べさせて、あるいは何を食べさせられるか思い描いて、この愛情を鎮めるしかなかった。食糧はずっしり豊富に溢れ、よっぽど貧乏でない限り誰でも買えるくらい安かった。子どもたちにたっぷり食べさせられることが母親には大きな慰めだった。それ以外のことは父さんが引き受けてくれる。あの人が良いお手本になって、良い助言を、魂のためになるお話をしてくれるはずだわ。

とはいえ、時折、夜、眠りに就く子どもたちに、母さんはほんの幼い頃にやった長い旅の話をしてくれた。その時彼女はロシア中を馬車で横断したのだ。

彼女は商人の娘だった。一種誇らしげにそう言った。チェーホフ家は農民だったが、彼女はロシアの階層ではもっと上の階級に属していた。それを口にする度に、彼女は困惑を感じた。女は神様がお与えくださったつれあいより、上であってはならなかったから。

彼女の父親、商人モロゾフは、毛織物を売っていた。彼は町から町へ行き、彼女は母親、姉妹と一緒にモルシャンスクの叔母さんの家にいた。ある冬、女たちが住んでいたその家が火事で焼けてしまった。彼女たちは路頭に迷った。

「凄く悲しい年だったわ、あなたたち」彼女はため息まじりに首を振った。「すぐ後に、父さんがコレラで死んでしまったことが分かったの。だけどロシアのどんな片隅で神様に魂を召されたの？　どこに葬られたの？　せめてキリスト教徒として、正教会のしきたり通りに埋葬されたかしら？　母さんが馬車を借りて、私たちを連れてお墓を探す旅が始まったの」

子どもたちは注意深く聞いていた。わだち、ひどい道、泥、初雪の中で揺れるその馬車を想像した……道中の嵐、旅籠《はたご》、時々ひどく汚くて、そこにもの凄く恐ろしくて変わった顔をした男たちがいて、母さんも私たちもステップの中で地べたに寝る方がましだったわ。

そこにいた乳母も同じように洗濯の手を止めて、クリミア戦争、農奴の身分、泥棒たち、魔女たちの思い出がごちゃまぜになった謎めいて不吉な伝説を語った。

乳母によれば、タガンローグを取り巻くあのステップの中にどれだけ宝があることか！　宝物は川床、丘の麓《ふもと》に隠されています。人の話じゃ、コサック兵たちはナポレオン軍から黄金を奪い、国に横取りされることを恐れて、ステップの中にそれを埋めたんです。ピョートル大帝の時代の泥棒たちは隊商がペテルブルグからタガンローグに運ぶ黄金を盗みました。その黄金がいつか見つかるかもしれませんよ。

少年たちは口をぽかんと開けて、黙っていた。

外は夜と小都市の深い静けさ。それから一台の馬車が通り、バネが壊れてきしむその車軸が、苦悶する魂のような叫びと呻《うめ》きで大気を満たした。一本の蠟燭がミシンの上に屈みこんだ母さんの顔と、器用に素早く動いて生地を滑らせる手を照らしていた。彼女は今、昔を思い出して元気づいていた。そんなにせがまなくても、アレクサンドルを妊娠した時、タガンローグから逃げた話もしてくれた。それはクリミア戦争の時で、黒海とアゾフ海沿岸は敵の砲火にさらされていた。ごく最近のこの戦争、大昔の全ての物語、二十年前の母さんの旅、それが最後には子どもたちを魅了する一種混沌とした伝説を作り出した。子どもたちは黙っていた。

それから一人が尋ねた。

「それでお祖父さんのお墓は？　見つかったの？」

「いいえ。決して」

ちゃんと考えれば、この奥深いロシアの中で、何百万という死者と生者がいる中で、どうしてたった一つの墓が見つかるだろう？　この無駄に終わった遠い旅、空しい骨折りの全て、それが子どもたちを感動させ、驚かせた。母さんは最後に言った。

「絶対見つからなかったわ。ロシア全土を駆け巡ったけどね、モルシャンスクからタガンローグまで。タガンローグからは海になるでしょ。これ以上遠くへは行けなかった。母さんは町にお友達がいたの。親切な人たちが私たちを泊めてくれて、段々と暮らし始めて。そしてある日、私はあなたたちのお父さんと出会ったのよ……」

5

チェーホフ父さんの店は、乾物屋、薬草屋、小間物屋を兼ねていた。紅茶、オリーブ油、髪用のポマード、石油、マカロニ、それに干魚、そんなものが全部、古びた片隅の埃っぽい棚の上にごたごたと押し込まれていた。帳場の上には、首飾りの金貨のように、紐に通したボンボンの房が吊るしてあった。塩漬け用の小樽の中に鰊《にしん》が漬かっていた。〝植民地の産物〟ハルヴァ、ロクム（ともにトルコケーキの一種）、コリントの葡萄が港の子どもたちの気をそそった。客は貧しかった。農民、船員、ギリシャのしがない仲買人たち。

冬、絶えず開け閉めする扉からステップの風が吹き込み、店は冷え切った。夏、商品の臭いがタガンローグ中の蠅を引き寄せるようだった。それでも蠅は気晴らしになり、死なせて楽しんだ。机の上に水を張った広口の瓶を置く。蜜に浸し、穴をあけたパンでその口を覆い隠すと、蠅が落ちて溺れた。

チェーホフ家の子どもたちが父さんに代わって店番をするのは、たまの接客より、二人の小僧、アンドリューシカとガヴリューシカを見張るためだった。父さんはいつも盗まれる心配をしていたから。アンドリューシカとガヴリューシカは貧しいウクライナの農婦の子どもたちで、農婦はパーヴェル・エゴロヴィッチに二人を委ねて、幸せな将来を保証したつもりでいた。惨めな少年たちは、殴られ、ろくに食わせてもらえず、給料もなかった。五年の見習奉公の最中だった。

亭主の息子たちが贋金をつかまないように用心してお金を受け取り、つり銭を返し、〝紅茶、ボンボン二カペイカ、パン一カペイカ〟ときちんと書き込んでいる間に、幼い奉公人たちは酒蔵にウォッカの瓶を探しに走った。パーヴェル・エゴロヴィッチの店は居酒屋も兼ねていた。酒蔵にはワイン、ビールがあって、長い冬の夜、常連たちが飲んでくだを巻くためにチェーホフの店に集まった。

冬でも夏と同じように、朝の五時には店を開き、夜十一時前には絶対に閉めなかった。アンドリューシカとガブリューシカはいつも寝かせてもらえず、亭主が一瞬でも目を離そうものなら、坐っていようが、立っていようが、とたんに眠ってしまった。アントンは、グラスがぶつかる音、どなり声、笑いの中で、なんとか勉強した。本だけを見ていたかった。学課は難しく、間違える度に先ず学校で、それから家できつい罰をくらった。だが思わず、声や足音に気をとられてしまった。

薬巻を探しに来る船員、妻の体を治す薬草を求める農民がいた――〝産後の肥立ちが悪くて〟――（父さんは僧院の聖遺物と浄化作用のある煎じ薬を同時に売っていた）時々少年が来て星型の赤い木箱に並べた色つき蠟燭を値切った。

小さな窓は牢屋の中のように金網が張られ、天井は汚く、破れて色のあせた防水布が帳場に掛かっていた。

アントンは顔を上げて降る雪を眺めた。蠟燭の灯りが本の上で揺れていた。こんな所に閉じ込められているのが悔しく、明日もまた友だちが外で遊んでいる間、この帳場に釘付けになるのかと思った。しかし不幸な子どもは至る所に幸福のかけらを探して見つける。草木が最も痩《や》せた土地から生きる養分を吸い取るように。アントンは人々を眺め、その声を聞いて楽しんだ。近所の修道院のために募金をしている修道僧がこっそり一杯やっていた。時々船員が航海の話をしてくれた。それに時々羊の群れを連れてくる男が小麦の仲買人と喧嘩した。仲買人は何よりお得意の元手を作った。彼らの仕事は農民が荷車で町に運んでくる穀物を買い、それをまたもっと金持ちの卸売り商人に売ることだった。今度は卸売り商人がまたそれを地元の百万長者、ヴァグリアーノ家とスカラマングーニ家に売った。だがこれは主として夏と春の商売だった。しけた季節、仲買人たちは退屈した。彼らはクラブに行くように、パーヴェル・エゴロヴィッチの店にやって来た。

アントンは彼らの話を順々に全部聞いた。一人一人が本人、その民族、その階級にしかない言葉、しぐさ、癖を持っていた。ギリシャ人、ユダヤ人、ロシア人、司祭たち、商人たちが一種果てしない喜劇を演じていた。彼、アントン・チェーホフ一人を観客にして。彼はまだ一度も劇場に行ったことがなかった。十か十一だったが、兄さんたちが舞台、台詞《せりふ》、舞台装置、風変わりな暮らしぶりを話してくれていた。ここにも、見ず知らずの人たち、行きずりの人たちがやって来て、自分の物語を語っては立ち去った。彼らを眺めるのは面白かった。そしてそのまねをするのはもっと面白かった。若い修道僧らしくつぶれて哀れっぽい声で話したり、大僧正のようにもったいぶった話し方をしたり、紅茶の包みを届けに来たユダヤ少年の猿まねをしたり。アントンは頭（ちょっと大きくて友だちからおたまじゃくしというあだ名をつけられた頭）を手にもたせかけ、もっとよく見てやろうとラテン語の本を押しのけた。その目は輝いていた。家では、兄弟たち、母さん、機嫌がいい時は父さんのために、客たちのやり口、ため息、しかめっつらを身振りで演じてみせた。この前の日曜日、彼は教会で町長を見た、大物だ！　だけどどんなに重要人物だろうと、この人だって、みょうちくりんなやり方でひざまずき、はなをかみ、まわりをじろじろ見ていたぞ。アントンは教会に入って来る町長を演じた。前からそれが楽しみだった。

それにしても夜は長かった。アントンは幼い奉公人たちと同じように、眠かった。決して充分に眠れなかった。学校、店、教会で休息の時間を奪われていた。少年は大人になったら眠る時間があるじゃないか、若さは働いて親を援けるために人間に与えられたんだ、というのが父さんの考えだった。少しずつ、アントンは本の上にかがみこんで、眠った。やっと、常連たちが出て行った。お店を閉じ、床《とこ》に就くことができた。

父さんが外出した時、サーシャはその地位を奪いたがり、弟たちを牛耳《ぎゅうじ》った。だがアントンを従わせるのは容易ではなかった。彼はもう大きなトランクの上で「友だちでいてよ……」などと、泣いているがきではなかった。

日に日に独立し、はなたれ小僧がサーシャを裁いた。そして彼ならではのやり方で、その独立を証明してみせた。彼はイヴァンのように冷たくくそ真面目でもなければ、ニコライのように気まぐれで狂ってもいなかった。我慢強く、とても毅然として、他人の影響を免《まぬが》れた。彼が考えている事、感じている事は誰にも決して正確に分からなかった。不思議な恥じらい、少女がその体で持てるような恥じらいが、幼いアントンの魂と心を他人から守った。ところが、サーシャは年長の特権に拘《こだわ》った。尊敬され、まねされたかった。或る日、店の中で、父さんのいない時、思い通りにならないアントンにかっとなって、彼はアントンを殴った。アントンは逃げ出した。

〝あいつはたれこみに行きやがった〟アレクサンドルは腹立ちまぎれに思った。

弟は戻って来なかった。

〝絶対親父に告げ口しに行ったんだ〟そう思ったアレクサンドルは段々心配になってきた。

いやな予感がして、彼は店の外に出た。一人で長い間じっとしていた。とうとう、従弟と一緒のアントンが見えた。二人はゆっくり、重々しく歩いた。兄の側を通っても、アントンは彼に一言もかけず、目もくれなかった。アレクサンドルではなくチェーホフ父さんの樽が一つあるように、アレクサンドルなど存在しないかのように!

怒り、屈辱、悲しみと敬意の入り混じった奇妙な思いがサーシャの心を満たした。彼は遠ざかっていく二人の少年を目で追い、訳も分からず、泣き出した。

6

パーヴェル・エゴロヴィッチは意地悪でも、愚かでもなかった。正にその反対で、生き生きとした想像力、趣味、自己流の精神、音楽への深く真摯な愛の持ち主だった。だが或る種の男たちはこんなふうにできている――周囲の者たちにとって、その美点は欠点と同じくらい恐ろしい。

この雑貨店主の人生の情熱とポエジー、それは教会、ミサ、そしてその歌だった。だが一人で祈って歌うのでは彼には物足りなかった。まだ領主の持ち物だった子どもの頃、村の司祭が彼にバイオリンの弾き方と聖歌隊で歌うことを教えてくれた。今や、自分の聖歌隊を持ち、指揮することが彼の野心だった。聖歌隊、神様はそれを自分にお与えくださった――五人の息子でそれができるじゃないか。彼らの澄んだ声は日夜立ち昇って神を讃え、天にまします神は、その僕《しもべ》、パーヴェル・エゴロヴィッチ・チェーホフが勤めを怠《おこた》らず、自分の子どもたちを善なる教会のために教化し、信仰心を叩きこんだことをお知り下さるだろう。

パーヴェル・エゴロヴィッチは、聖なるミサに関しては何であれ、厳格でやかましかった。大きなお祭りで早朝に歌う必要があれば、朝二時か三時に子どもたちを起こし、何時だろうと教会に連れて行った。必要な睡眠を子どもに禁じるのは有害だし、思春期の胸と声に無理を強いるのは本当の罪悪だと、彼にはっきり言ってくれる心優しい人たちもいた。だがパーヴェル・エゴロヴィッチの意見は違っていた……

「一体なんで校庭を走って大声を張りあげるのが有害でなくて、ミサの間教会で歌うのが有害なんだ？　修道院じゃ、新参者は一晩中祈って、讃美歌を歌うじゃないか。それで具合が悪くなる者なんぞおらん。教会の歌はもっぱら子どもたちの胸を強くするんだ。わしだって、若い頃から歌って、神様のおかげでこの通り元気だ。神様のために自分に苦しみを与えることは、絶対に悪いことじゃあない」

土曜日には、家族総出で教会に行った。(正教の教会には椅子がなく、立っているか、ひざまずくしかなかった)家に戻ると、改めて救い主か聖母のために讃美歌を歌い、聖なるイコンの前で皆がひれ伏し、母さんと子どもたちは額《ぬか》ずき、父さんは聖歌隊を先導した。だがそれでも彼は充分に満足できなかった。彼の生真面目な信仰には、ちょっと俗な虚栄心が入り混じっていた。子どもたちの声を素晴らしいと思わせたかった。タガンローグ中でその声を聞くことができた。或る時はギリシャ修道院で、或る時は宮殿の礼拝堂で。皇帝アレクサンドル一世がかつて暮らし、死んだ館は宮殿と呼ばれていた。伝説では、彼は兵士の死骸を自分の場所に残して逃亡したと伝えられていた。

この礼拝堂には土地の貴族たちが集まった。アレクサンドル、ニコライ、アントンの声は熱意と恐れで震えた。蠟燭の光がどっしりした金のイコンを照らしていた。蠟の雫《しずく》がゆっくり敷石の上を流れた。父さんは幸せだった。これこそ店での世知辛い時間と金の心配を忘れさせてくれる良き時間だった。今、全てがもっとうまくいくことを彼は望んでいた。彼は僅かばかり土地を持っていた。エゴール・ミカイロヴィッチ老人の贈り物だった。そこに家を建てようか。そうすりゃ家賃を払わんですむ！　自分が家主になるんだ！　誰かがきっと必要な金を貸してくれるだろう……だいたい銭勘定ばかりで彼は疲れていた……何事もどうにかなるさ！　彼は心配事を心から遠ざけ、子どもたちの歌にじっと耳を傾けた。彼らは大天使の声という三重唱を歌っていた。父さんは涙なしに聞くことができなかった。延々と祈り、熱烈に十字を切った。彼は神を崇拝していた。

子どもたちの方は、そんな歓びを共有しなかった。人は父さんを祝福し、羨望の目で見た。この人はなんと見事に子どもたちを育てたんだ！　身分以上の教育を彼らに与えたんだ、結構じゃないか？

と人は思った。彼らはもっと経ったら大学に入れるだろうし、両親が平穏な晩年を過ごせるように養うだろう。チェーホフ家の倅《せがれ》の一人、ニコライはとても才能がある。絵を描く彼は、芸術家になれるかもしれん。だが、チェーホフ父さんはとりわけ、教育以上に価値あること、神への畏敬を子どもたちに教えたんだ。倅たち、あんなふうにみんなに才能を披露して誇らしくはないか？　倅たちは、ところが、自分たちを〝小さな徒刑囚〟だと思っていた。

アントンはこんな疲れ、こんな退屈、教会での長ったらしい勤め、凍てついた夜明けの帰り道を決して忘れないだろう。鞭で叩きこまれた信仰は本当の信心とはあまりにもかけ離れ、彼は終いにはもう何も信じなかった。このアントンをここまで苦しめるものに、神が歓びを見出すはずがない。しかし、彼は或る種の祭り、ロシア正教の中で最も荘厳で素晴らしい復活祭の夜が好きだった。お祈りさえしない、だが〝確かに一種の歓びがある……子どもっぽくて、内にこもった……それは外に流れ出すきっかけを探してる、何だっていいんだ、あっちこっちうろついて、ひしめき合うだけだって。同じ物凄い活気はミサの最中だってはっきり分かるぞ……見渡す限り火が見えて……閃光、大蠟燭のはぜる音……せわしなく喜ばしい歌……〟

全人生を通して、アントンは鐘の音を愛すだろう。だが寒さ、寝不足、父さんの厳しさ、疲労と退屈で、彼の中の信仰心はもうまるで消え失せていた。しかし、後に、有名になり、病みつき悲しみに沈んだ彼は、愛する女に書き送った手紙を、少年時代の記憶の奥底から浮かび上がる優しい祈りで結んでいる。〝神様が君の健康をお守りくださる……聖なる天使が君を祝福し、お守りくださるよ〟しかし典礼、うわべの形式、彼の父があれほど大切に思っていた全てを、彼は嫌悪せずにはいられなかった。
真っ暗な通りを――タガンローグでは中心街を除いて夜間の照明はまだなかった、泥の中でもたつき、死ぬほど眠く、チェーホフ家の子どもたちは家に帰った。暗闇の中でも道が分かるように、通行人たちは小さなランタンをボタンの穴に引っかけて持っていた。もうじき開店だ、パーヴェル・エゴロヴィッチは思った――もう子どもたちを寝かすこたあない。

7

タガンローグで繁栄を謳歌していたのは皆ギリシャ人だった。ヴァグリアーノ家の資産は五千万ルーブルに達すると言われていた。スカラマングーニ家、アルフェラキ家、さらに他のいくつかの家が町の王様だった。小麦の通商は彼らの手中にあった。トルコで迫害された彼らは、オデッサやタガンローグ、黒海、アゾフ海、カスピ海の港という港に住み着いた。そこでは怠惰なスラブ人たちは没落し、彼らが金を握った。こんな成功を、パーヴェル・エゴロヴィッチはギリシャ人だけが知る何かの秘密のためだと思っていた。この民族の言葉をしゃべり、アテネの空気を吸わん限りそれは手に入らん。アントンが学齢に達すると、父さんは早速この子をギリシャ系の学校に送った。もっと経ったらこいつをギリシャへ旅に出そう。なにしろあんなに上手にワイン、オリーブ、小麦の商売をする、賢くて慎重な男たちが生れた国だ。そうすりゃこいつは金持ちに、親の慰めに、老後の支えになるかも知れん。

タガンローグのギリシャ系の学校では、全員が一部屋に入れられていた。それぞれの席が学年を表していた。教師たち――その一人、スピロは小麦の取次業者だった――はワイン、油、或いは煙草の贈り物のために、（その重みに応じて）生徒たちを学年から学年へ、つまり一つの席から他の席に上げたり下げたりした。二人とも乱暴で無学で、生徒たちを鞭で叩いた。船員、靴の修理屋、仕立て屋の子どもたち、汚くて、虐待されて、行儀の悪い港のわんぱく小僧たち、それがそこでのアントンの仲間だった。授業はギリシャ語でやるので、結局チェーホフ家の倅たちにはほとんど分からなかった。

パーヴェル・エゴロヴィッチはとうとうスピロとその同僚の手から息子たちを取り戻し、アントンは町の高等中学に入った。彼は嬉しかった。やっと娘たちが憧れるあの制服に着替えるんだ。アントンは美しかった。爽やかな表情、しっかりした鋭い眼差し、端正な顔立ちをして、輝くボタンの着いた上着の中で小さな胸をすくっと反らせていた。

タガンローグの高等中学はこの時代、この国の全ての高等中学と似ていた。政治的陰謀、テロリストの襲撃の時代だった。成長する小学生たちの一人一人、将来の大学生の一人一人に、国はもう危険な革命家を見ているようだった。行き過ぎた規律、あらゆる新しさや自由に対するいわれない恐れ、疑り深い冷酷さ、これほどまずいものはなかった……革命は情熱的な遊びになり、国は子どもたちを捉える興奮を、馬鹿げた厳しさ、スパイと陰謀のこみ入ったやり口で静めようとした。教師たちは〝政治的観点から〟生徒ばかりでなく、他の教師まで監視した。教師の一人は当局に訴えた。

「私の同僚たちは職員会議の間も煙草を吸っています。自分たちのいるその部屋の中で、壁にイコンと皇帝陛下の肖像画が飾ってあっても気にもとめません」

何よりも皇帝のために、国民を服従させる必要があった。教師たちはそれに応じて行動した。だが国益への大いなる熱意は手ひどい報いを受けた。タガンローグの高等中学では、大半のロシアの高等中学同様、少年たちが皆政治に関わり、最も革命的な精神の中にいた。一人、十四歳のアントン・チェーホフだけが、秘密集会から距離を保ち、十三歳から十六歳の思想家たちの世界の解体、再建の議論に加わらなかった。恰好をつけて発禁本を読まなかった。生まれつき、容易に信じず、独立的で、冷やかし好きだった。人がたどるべき道を示しても――ある時は父さん、ある時は教師か仲間だったが、自分で道を見つける方を好んだ。本能的に、大げさな言葉、仲間内で説かれる真理に対して嫌悪を感じた。怒りも、傲《おご》りもなく、穏やかに、そしてきっぱりと他人から逃れた。そして既に〝彼の魂の奥底で起こっていること、誰一人として、決してそれを完全には知らなかった〟

友人たちと同じように、チェーホフ少年は思春期の間に、ラテン語とギリシャ語を沢山学んだ。彼らのように、公園で長い時間を過ごした。そこでは、少年少女たちが授業をほったらかして、薄暗い小道の中、リラの茂みの後ろ、アゾフ海まで下っていく大きな階段の上で逢引きしていた。

教師が公園で恋人たちを探し回っていた。一番優しい約束が冷たい声で断ち切られた。

「生徒チェーホフ、教室に行け！」

高等中学校で過ごした十一年間（彼の点数は二回進級に足りなかった。教会と店の徹夜が勉強を妨《さまた》げた）と教師たちについて、アントン・チェーホフはどんな想い出を持ち続けただろう？　大人になって、彼は時々異様にうら悲しく打ち捨てられた場所を夢に見た。〝つるつるした大きな石、秋の冷たい水……川から遠くに走ると、路上に墓地の崩れた正門が見えた。葬式だ、私の昔の教師たちが……

8

十三で、アントンは初めて、舞台と舞台装置を見た。タガンローグの劇場は、モスクワとペテルブルグの俳優たちが巡業で演じに来る時、まだいくらか往年の輝きを保っていた。埃っぽい支柱、古ぼけた座席、粗末な機械設備にも拘《かかわ》らず、田舎の劇場は素晴らしい一座を迎えた。そして演目にはロシアと外国の良い戯曲があった。

アントンはオペレッタ「美しきエレーヌ」*1それにごちゃまぜの軽演劇、メロドラマ、フランス風のヴォードヴィル、そして「検察官」*2に喝采を送った。

高等中学の教師たちに出くわさないように、充分気を配る必要があった。自由思想と規律違反の学校たる芝居に生徒が通うとはけしからん！　同時に、またも権威を嗤《わら》える少年たちにとっては、なんたる楽しさ！　どんなもんだ！　教師たちの鼻先で、タガンローグとはまるっきり違う人生、こんなに生き生きとして自由な人生が学べる背徳の聖堂に忍び入るのが、どんなに誇らしいか！　アントンは、十五になると、大胆に楽屋に入って行き、俳優たちに話しかけた。

立見席の観客から桟敷席の観客まで、ホール中《じゅう》皆知り合いだった。幕間の最中、最後列にいたアントンと兄弟たちは、下の座席に坐って、女優の足をじろじろ見ているギリシャの金持ちの卸売り商人たちに声をかけた。雰囲気は家庭的だった。

家に帰っても、アントンは夜の公演の記憶が棄てられなかった。ませた本を乱読してそれを蘇《よみがえ》らせようとしたが、彼の本当の情熱は演劇にあった。自分で悲劇、ファルスを書き、それから自分で役者になった。アレクサンドル、ニコライ、あるいは高等中学の仲間と一緒にアマチュア劇団を創った。

彼はメーキャップし、衣装を着け、墨で顔に髭を書き、皆を煙に巻くのが好きだった。

ある日、乞食のなりをして、タガンローグ中を歩き回り、そのままミトロファン叔父さんの家に入って行った。うっかり者の（あるいは親切な）叔父さんは彼に三カペイカくれた。やったぜ！　彼は食卓でコミカルなシーンを即興で演じた。もの凄い数の無駄話を作り出した。どれだけ笑いを知っていただろう、アントン少年は！　生涯を通して、彼はこの陽気な気質、優しい快活さ、笑いの才能を持ち続けるはずだ。風刺的あるいは倫理的な含意《がんい》のある〝涙を通した笑い〟だけでなく、子どものように天真爛漫な笑いを。

チェーホフ家の息子たちはとうとう思い切って皆の前で芝居を演じた。納屋か、居間を一つしか持たぬ彼らより金持ちの友人の家で。それは幸せな時間だった。父さんの商売は相変わらず難しかったが、彼は悪運を克服しようとした。家が完成したら、新しい店を開こう。馬鹿げていた——最初の店は彼に気苦労ばかりかけ、ほとんど何ももたらさなかったではないか。だがパーヴェル・エゴロヴィッチの考えでは、この将来の店で全てが整うはずだった。輝かしい未来の希望に溢れ、彼は子どもたちに最良の教育をすると決めた——全員を高等中学にやる。この頃、彼はショペという夫人のフランス語と、ある銀行員の音楽のレッスンさえ彼らに受けさせた。銀行員は空いた時間にピアノを教えていた。

チェーホフ兄弟が『どもり』という雑誌を立ち上げたのは同じその頃だった。アレクサンドルとアントンが書き、ニコライが挿絵を描いた。それから、二人の兄が出発した。大学で勉強を続ける年になっていた。二人はモスクワに向かい、タガンローグを去った。アントンは『どもり』の編集長、書き手として一人残った、だが彼は飽きず、それを投げ出さなかった。

このユーモア雑誌、いつも軽妙でひやかし調の仮面劇と即興話、それがアントンにとっては普通の若者の初期の詩、長篇小説の試作、抒情的告白譚の代りになった。この時代、この環境にあって、彼の年頃の若者は、まともに受け取られるにはあまりにも侮蔑的で、粗暴な扱いを受けていた。書くのは自分自身、その夢、その感興のために過ぎなかった。プーシキンのような若き貴族、幼い頃から溺愛されたレールモントフならそれでよい！　だが雑貨店主の息子、アントン・チェーホフはそんな立派な身分ではなかった。とはいえ、その彼も、父さんの怒鳴り声、母さんのため息から離れた心の避難所を必要とし、愉快な小喜劇に自分のやり方を見つけたのだ。そして彼は自分の将来を考えた。両親をあまりあてにできないことは分かっていた。ひょっとして、いつか、ものを書いていくらか稼げないか？　アレクサンドルは、モスクワで、ユーモア雑誌に寄稿していた。確かに真面目な青年なら、食うや食わずの仕事、文学の道を進んで考えたりしないだろう。それはよく分かっているが、職業の問題じゃない。ピアノのレッスンをして給料を補う銀行員みたいに、臨時収入を増やす手段に過ぎない。本業の妨げには全然なるまい。ところで、何を選ぶ？　彼は思い迷った。十五の時、友だちの家を訪ね、夏の暑い日中、ステップの平原に見え隠れする冷たい小川で泳いだ。彼はひどい病気になった。腹膜炎に罹り、瀕死の状態でタガンローグに運ばれた。彼は高等中学の校医に救われた。シレンブフという名のドイツ系のロシア人だった。回復する間、この医者が彼に医療と自然科学について話してくれた。アントンは医者になる決心をした。だが先ずタガンローグの高等中学を卒業しなければならない。そして、田舎の暮らしが、既に、彼には耐えがたくなり始めていた。

＊1　ドイツ生まれの作曲家ジャック・オッフェンバックが一八六四年に作曲し、同年パリのヴァリエテ座で初演されたオペレッタ。
＊2　一八三六年初演されたニコライ・ゴーゴリの戯曲。

9

タガンローグのような都市は、一八七〇年代には、ある面でヨーロッパの全ての田舎の小都市に似ていた。同じように人々は詮索と陰口が好きで、視野が狭く、おとなしかった。だが時折、人はそこで、近隣のアジアの息吹のような、異邦の野蛮な何かを呼吸した。

チェーホフ一家が住む家の角の窓から、罪人が自分に宣告される判決を聞くために引き出される広場が見えた。彼らは太鼓の音に先導され、荷車の上に立ち、手を縛られ、胸に黒い板を掛けられていた。不幸な者たちは死刑台に繋がれ、高貴な生まれであれば、その頭上で剣が折られた。

見物人たちはロシア人生来の心情からして、罪に憤《いきどお》るより、むしろ罪人に同情を感じていた。大きなお祭りの前夜、町の住人は囚人たちに渡すパンやお金を持って留置場に行った。

夜になると、女たちは灯りのない街路に一人で出て行こうとしなかった。アントンの末の弟、幼いミハイル・チェーホフはある晩、ばあやと一緒に戸口から出たとたん、目の前で娘が連れ去られるのを見た。哀れな娘が叫び声をあげても、窓は一つとして開かなかった。女を救いに来ようとは誰一人思いもしなかった。女が投げ込まれた馬車はさっさと出発した。

ばあやは編み針で耳の後ろをかきながら、ため息まじりに言った。

「娘がさらわれてしまいましたねえ……」

こうした女たちはトルコのハーレムに送られた。当局と住民の無関心は、こんな時でも、こゆるぎもしなかった。

同じタガンローグで、何年か後、アレクサンドル・チェーホフは往来の真ん中で女が何かいたずらした少年に金切り声を上げるのを聞いた。

「で、あんたの叔母さんは三人の小っちゃい父無《てて》し子をいったいどこにやったの？　ちょっとどこで溺れさせたのか言いなさいよ！」

その間、厳《いかめ》しく、もったいぶった警官が、まるで平然と、毛ほどの関心も示さず全部聞いていた。

このエピソードを家族に書きながら、アレクサンドルは叫びで手紙を結んだ。

〝兄弟よ、これぞ正にタガンローグじゃないか？〟

〝狭くて息の詰まる部屋で、虱《しらみ》だらけの木のベッドで眠ったな、子どもたちを異様に汚い部屋に押し込んで、使用人たちは台所の床で、ボロッ切れを被って寝てた。まずいもんを食った。体に悪い水を飲んだ〟

大通りを散歩すれば〝貴族（ギリシャ人）は左、民衆は右〟。みんなが首都の猿真似をした。娘の一人がそれがモスクワの流行色と聞きつければ、数え切れない娘たちがこぞってオリーブ色かチョコレート色の服を着た。そうするうち、パリジェンヌ風に腰当でスカートを膨らませた娘たちの群れを押し分け、蓋を開けた棺《ひつぎ》を先頭に行列が通った。地方のしきたりに従って、埋葬はこんなふうに行われた——死者は最後に顔を晒《さら》し、陽光に黄色い額を光らせて、町を横切る。

大通りや公園のそぞろ歩き、広場での演奏やアマチュア劇団、タガンローグにはまだ楽しみがあった。半分信者、半分俗人として、人々は墓地を散歩し、お墓の間に坐って飲み食いした。

アントンは、生涯に渡って、墓地を愛した。タガンローグの隣村の墓地。そこでは糸杉の代わりに桜の木が、夏、十字架の上に〝血の雫《しずく》のような〟果実の雨を降らせた。後にはモスクワの墓地、ネヴァ河のすぐそばに造られ〝死者たちの魂が大河まで降りるにちがいない〟ペテルブルグの墓地、もっと後には崩れた石碑のあるクリミアのタタール人の墓地、そしてイタリアとプロヴァンスの墓地。

「外国で彼が何より興味を持ったもの、それは墓地とサーカスだった」と友人のスヴォーリン*は語っている。

＊ アレクセイ・スヴォーリン　一八三四～一九一二　帝政ロシアのジャーナリスト、出版人、演劇人。チェーホフは一八八六年以降彼の主宰するに有力誌『新時代』に多数の作品を発表した。チェーホフとの友誼は深く、度々ともに旅行する間柄だった。チェーホフは二十六歳年長の彼を〝最も腹蔵なく話のできる〟友人と語っている。

10

チェーホフ一家の家はまだ普請中だった。そしてもう、お金がなかった。住いは狭くて不便だった。チェーホフ父さんは請負業者、建築家、職人に騙されていた。みんなが、我先に、彼の費用をくすね取った。新しい家主には生活の資が殆どなかった。急いで空いている部屋を全部貸した。家族は四つの部屋で我慢し、他の部屋は全部他人が占めた。男の子と女の子、二人の子を持つ寡婦が何か月かチェーホフ一家の家に住んだ。十四になったアントンは男の子の宿題を見てやり、小娘に言い寄った。二人はキスするのと同じくらいしょっちゅう喧嘩した。だがそれも一つの愛の形。夜、両親が灯火の下、大きなカップでお茶を飲んでいる時、中庭の木立の陰に身を潜めるのは楽しかった。

アレクサンドルとニコライは二人ともモスクワにいた。父さんは彼らにびた一文送らなかった。あの子たち、どうやって暮らしているのかしら？　母さんは泣いて祈ったが、何も援けてやれなかった。父さんに泣きつくと、父さんはあのがきどもは自分でなんとかするっきゃない、それでなくたってわし自身えらい悩みがあるんだ、とけんもほろろに答えた。しつこく頼むと、聞こえないふりをするか、怒り出した。

「十八と二十じゃないのか？　あの間抜けどもは。あいつらの年で、わしなんざ……」

怒った二人の若者はアントンに手紙を送った。アレクサンドルは書いた。

〝親父に言っとけ。とっくのとうにコーリャ[*1]のオーバーを考えておくべきだったと。俺たちゃ金がない。母さんはいつも俺がコーリャをいじめやしないか心配してる。でも母さん自身あいつをいじめてるんだ。オーバーを買うことも考えてやらんとは。それから、親父は訳の分からんことを考え出す。俺たちがパルトー[*2]、それも毛皮の襟のついた奴のために誰かに金を借りたなんて書いてる。あいつ（コーリャ）は長靴さえ持っちゃいない。服はぼろぼろだ。膝まで雪に埋まって、穴のあいた長靴で学校（彼は美術学校の生徒だった）に行ってるんだぜ……タガンローグじゃみんなあいつを懐かしんでるだろうな。だが誰もあいつの境遇を考えちゃくれん。あいつが自分のことを考えられんのはみんなよく知ってるんだが……〟（モスクワ、一八七五年）

タガンローグでは、誰もが二人とも酒飲みで、父譲りのしっかりした頭を持たず、二三杯ワインをやると狂ったようになることを知っていた。それでもスラブ人の達観した気ままさで、彼らを放っておいた。

「あいつら、なんとかするだろうさ」人々はそれでもちょっと涙ぐんで言った。

チェーホフ父さんは家にけりをつけるために、地元の銀行から五百ルーブル前借りしていた。彼はそれを返せず、捕まって投獄されるはめに陥った。この時代、現に、ロシアには借金のための監獄があった。彼は逃げ出した。家族に別れを告げる暇《いとま》もろくすっぽなかった。見つからないように、タガンローグの駅では汽車に乗らず、次の駅まで歩き、そこでもまた身を潜め、貨物列車に乗って年長の息子たちのいるモスクワに向かった。モスクワで何をやるのか、あまり考えもなかった。だが自分に代わってニコライにオーバーを買ってくれる人がいることを期待したように、彼は〝善良な人たち〟

か奇跡が自分を窮地から救ってくれると思っていた。で、女房は？　タガンローグに四人の子どもを残していた。一番上のアントンが十六、一番下は十一、あいつらどうなるんだ？

「あいつら、なんとかするだろうさ」髭を撫で、貨物列車の窓からステップを眺めながら父は思った。

彼らはなんとかした。銀の匙、ショール、鍋、皿を売り払った。

それは夏のことだった。狭く息苦しい部屋は寝られないほど暑かった。アントンと弟たちは家の前の小庭にテントを張り、そこで夜を過ごした。それぞれの少年にお気に入りの避難所があり、アントンの避難所は自分で植えた野ブドウの木の下だった。皆明け方に目を覚まし、母さんが買い物に行かせるのはアントンだった。彼は大真面目に市場に行き、弟のミハイルがその後を走った。ある日、彼は一羽の鴨を買い、帰り道でずっと鳴かせ続けた。彼は言った。「僕らだって鴨を食べるって、みんなに知らせてやろうな」

棄てられた若年、借金のための入獄から逃亡した父親はディッケンズの少年時代を連想させる。しかしロシアの少年は、イギリスの作家のようには、自分の貧窮《ひんきゅう》に苦しまなかった。おそらく、アントンは自分の過去を思い出す時、チャールス・ディッケンズを苛《さいな》んだ恥辱をまるで感じなかった。彼は西洋人ほど誇り高くなく、もっと素直だった。不幸だったが、自分の不幸を考え過ぎなかった。傷ついた虚栄心でそれに毒を塗りこまなかった。擦り切れた服や穴の空いた長靴をもじもじ隠したりしなかった。本能的に、そんなことは本質的ではなく、大して重要でさえなく、自分の本当の尊厳とはなにも関係ないと思っていた。とはいえ、その尊厳について、彼はとても高く、とても美しい考えを抱いていた。

その頃、ミハイルはモスクワから彼に出した手紙にこんなサインをした。

〝あなたのつまらぬ弟より〟

〝これは気に入らないぞ〟アントンは答えた。〝なんで自分をこんなふうに言うのか？　お前は神一人の前で自分のつまらなさを認めなければいけないんだ〟

おかしみはある。だが十七歳の少年が十二歳の少年に与えた人間の誇りの教えには、感心させずにはおかない何かがある。

一八七七年には、ミハイルはもうモスクワにいた。チェーホフ家の友人の一人がパーヴェル・エゴロヴィッチの妻子を守り、家を救うと約束してくれた。事実その男は家を救った。ただし、自分のために。家は競売にかけねばならず、彼は算段してそれを買い戻した。五百ルーブル支払い、旧家主を遠慮なく追い出した。哀れな母はミハイルとマリアを連れてモスクワに発った。アントンとイヴァンを置き去りにして。それから、親戚の一人がイヴァンを哀れんで引き取った。アントンは一人残った。

十六歳で一人、文無しで、両親はいい加減な注文を一つ残しただけ。〝勉学を終えて、うまく切り抜けろ！〟もう自分のものではない家、全部競売で売られてしまった家具、ロシア以外ならどこであれ話にもならぬ苛酷な状況だっただろう。

ロシアでも厳しかった、だが耐えることはできた。ベッドがない時は、友人の家で寝た。自分の家に食うものがない時は、他所《よそ》の家で夕食を摂った。夏になれば、一月《ひとつき》や二月《ふたつき》、高等中学の仲間の家に行って過ごし、今度その仲間が他の友人の家へ行く時は一緒について行った。こうしてまるっきり見ず知らずの人たちの間にいることになっても、誰も一瞬たりと、彼がいることに驚かず、あつかましいとも思わなかった。結局、この時代、この国にあって、十六歳の少年は一人前の男で、自分で生きるのは当たり前だった。

アントンはこんなやり方をした――新しい家主は自分の甥の勉強を見させるのと引き換えに、住いと食事をアントンに提供する。甥はアントンとほぼ同い年の少年だった。アントンはその叔父に身ぐるみ剥がれていた。彼は甥と友情を結び、自分のものだった壁に囲まれ、母さんが追い出された住いで暮らしても、屈辱も、苦々しさもまるで感じていないようだった。

彼は自分の運を嘆かず、家族を励ました。家族は家にいくつか古いシチュー鍋、ガラス瓶、壺を残していた。アントンはそれを売るように言われていた。彼はその勤めをきちんと果たし、それで得たほんのちょっぴりのお金を、陽気で元気な手紙を添えて母さんに送った。実際、彼は相変わらず笑っていた。おそらく、落ち込むことはしょっちゅうあった。だが多分不幸ではなかった？　決して甘やかされてこなかった彼は、人生で初めて、自由だった。もう父はいない！　大嫌いな店もない！　教会もない！　自分の行動に責任を持つ大人で、鞭に脅かされる小僧じゃないぞ、と思った。酔うような喜び。それは進歩を信じさせてくれた。

〝私には少年時代から進歩に対する信念があった〟彼は後に、お馴染みの悲喜こもごもの調子で書いている。〝現に自分がお仕置きされていた時とお仕置きが止まった時の違いはとてつもなく大きかった〟

彼は全ての自由な時間を、図書館で、友だちの家へ行って、公園へ走って、娘たちを口説いて過ごすことができた。彼女たちは輝く繊細な美少年をうっとり見つめた。彼は同じくらい生活が厳しいのに、全然独立していない兄たちより幸せだった。弟と妹は彼を仰ぎ見て、ミハイルはモスクワから彼に手紙を書き、読書について意見を求めた。大真面目で、アントンは彼に良い助言を与えた。ミハイルが「アンクルトムの小屋」を読んで泣いたって？　いやはや！　なんとつまらん作品だ！　それより「ドン・キホーテ」を読め……ツルゲーネフのエッセイもあるが、でもな、〝お前にはまだ分からんだろうな、弟よ〟

そう、この新しい自由、それはアントンを慰めたにせよ、冷淡にも無関心にもしなかった。孤独の三年間で彼は成長し、心身ともに強くなった。少年期の傷からまだ血を流す若者が、自分の体を苛《さいな》んだ鎖を脱ぎ捨てるように、苦しみながら自由になる年頃だった、

それは自分の苦しみを測り、自分を苦しめた両親と教師を裁く年頃だった。アントンが父に下した判決はとても控え目だった。彼は、その後兄のアレクサンドルに書いたように（彼は他人には明かさなかった）、確かに、〝暴虐と嘘は思い出すのも恐ろしく忌まわしいほど、僕の幼少期を責め苛《さいな》みました〟と思っていた。しかし彼は怨みを感じていなかった。怨みは小さな心が抱くもの。母と言えば、彼はいつも彼女を愛していた。今、彼にとって、彼女はなおさら大切な存在だった。彼女が自分を忘れないこと、心配していること、仕事で疲れ果てていることは充分分かっていた。彼はモスクワに住む従弟に手紙を書き送り、この哀れな女性を見守り、支えてくれるように頼んだ。どれだけ気づかわしげに、優しく！　〝我が父、我が母、僕たちにはこの世にそれより大切なものは何もないのです！〟

父はおまけとしても……母は離れていても、その心づかいを感じた。

彼女はアレクサンドルに言った。「アントンに手紙を書いて。暮らしが本当に耐えきれないほど厳しくなったら、あの子に書いて。私のことをあの子に話して。あの子だけは私を哀れんでくれるわ」

学校で、アントンは熱心に勉強した。彼の成績がこんなに良かった験《ため》しは決してなかった。シュピールハーゲン、[*3]ヴィクトル・ユーゴーを読み、自らも書いた。いつも例の雑誌『どもり』を作ってはモスクワの兄弟に送った。それに戯曲を書いた。演劇にはなおも情熱を持っていた。ある時はヴォードヴィル、またある時は馬泥棒、さらわれた娘、列車強盗が絡み合うドタバタ劇で腕試しをした。

　この三年の間に、彼はモスクワに行って何週間か過ごした。戻って来ると、タガンローグがどんなにちっぽけで侘しく見えたことか！　夏の宵、馬糞、土埃、それに薔薇の匂いのする人気《ひとけ》のない街路の何たる倦怠。それこそ、ロシアの片田舎の雰囲気そのものだった。ガラス窓に小さな明かりが見えた。それぞれの家の中で、この時刻、人々は夜のお茶を飲み、つまらぬ話を延々と繰り返し、あくびをし、熱のないカード遊びをし、こってりした食べ物をゆっくり詰め込んだ。椅子からベッドに行くのさえ大儀《たいぎ》とばかりに、朝二時、三時までそんな調子でいた。その時間、モスクワでは、人でいっぱいの街路の間の車道を、馬車のご一行が駆け抜けていた。劇場に、コンサートに行く人たちだった。女たちは美しく、才気に溢れていた。〝ああ！　モスクワへ、モスクワへ！〟彼は首都を征服しようなどと夢にも思わなかった。見事に野心を欠いていた。彼が求めたもの、それは自分の想像力、魂の糧《かて》だった。敬愛する誰か――モスクワの大学教授、作家、学者、そんな人たちと知り合いになりたかった。愛する誰かは？　彼は〝愛嬌たっぷりに微笑みながら通り過ぎるタガンローグのお嬢さんたち〟を醒めた眼差しで追った。〝確かにきれいな娘はいる。だがあんまり気取っているし、考えが狭い。言葉は下品だし、考えてることはもっとひどい〟ああ！　〝タガンローグのお嬢さんたち〟なんとあなた方につれなかったことか、若きチェーホフは！　この若者は支配することにも、誘惑することにも飢《かつ》えていなかった。ただ尊敬することに飢えていた。そしてこのよどんだ町で、誰が尊敬できたか？　彼はその点でミトロファン叔父さんを考えてみた。子どもの頃は、兄弟たちと同じで、しょっちゅうこの人の悪口を言ったものだ。ミトロファンはパーヴェル・エゴロヴィッチと同じ商人だったが、家族は豊かで、人々は困ると彼に援助を求めに来た。説教好きで、忠告、教訓、猫っかぶりの話ぶりは死ぬほど退屈だったが、本当に信仰が篤く、慈悲深かった。そう、このミトロファンは、無学で、迷信深く、滑稽でもアントンの見るところ、タガンローグで唯一尊敬に値する人物だった。それが、他の人間たちを測る目安になった！

　ああ、出発！……何たる夢！……だがやることは何もなかった。我慢して、モスクワ大学に入学できる卒業証書を手に入れなければならなかった。

　公園に飽きると、彼はタガンローグの周辺に出た。だがそこも町と同じようにぱっとしなかった。海辺に、大昔のペストの大流行を記念して〝隔離処〟と言われる場所があった。その時、タガンローグの住民たちはこの村の方に押し込められた。今はそこに何軒か別荘が建っていた。金持ちはステップの中かウクライナに大邸宅を構えていた。暑い時期〝隔離処〟で満足しなければならないのは小市民だった。〝小さな禿げた植え込みが……町から四ベルスタ[*4]緩やかな気持ちのいい道を通って行く。進んで行くと、見える——左に青い海、右に果てしない陰鬱なステップが……〟

　ずんぐりして見栄えのしない柱が立つ海辺の小さなあずまやの中で、アントンは一人で、あるいは娘たちと夢想に耽った。浜辺の砂の上で、さざ波が優しい音を立てていた。柱の人の背丈の辺りは、鉛筆で書いたか、ナイフで彫った名前だらけだった。ひょっとしてアントン・チェーホフと知られざる小娘の名もしばらく隣り合わせて残っていたのか？　雨に消されるか、素朴な書き込み、下手な落書きに覆われてしまうまで。

このあずまやで彼は同じように仲間たちにも会った。彼らが熱く、無邪気に政治を語り、自分たちの年齢や時代の風潮が求める話題に口角泡を飛ばしている間、アントンは何も言わず、ちょっと俯《うつむ》いて聞いていた。生涯を通して、彼は語るより聞く方を好んだ。

とうとう、祝福された夏の休暇時期になると、アントンはまたステップに行った。一月を友人たちの家で、一月を他人の家で過ごした。旅では、ある時は馬車の中で、ある時は粗末な旅籠《はたご》、商人や時折、馬泥棒どもが泊まる商人宿で寝た。

雪が溶けると、平原は緑の新芽に覆われた。だがしばしば、太陽と風が五月の終わりには黄色い枯草しか残らないほどすっかりそれを焼き、裸にしてしまった。何もかもが焼き尽くされた。瑞々しいアネモネも、野生の桃のピンク色の優しい花も、風の翼に乗り、群れをなしてステップを横切る嵐に吹き飛ばされた〝旅人たち〟も。

それは魂に限りない自由の歓びを感じさせた後、その静けさ、単調さで打ちのめすほど宏大な大地の広がりだった。林もなく、山もない地方、そこでは鳥たちも鳴かず、花々は死に絶え、酷熱の大地の中に消えた数少ない小川は、海まで流れる力を持たなかった。

いくつかの大きな屋敷では、原始的な、まだ殆どアジアのような暮らしが営まれていた。しばらく住んだそんな家の一つで、アントンは乗馬と狩りを学んだ。餌を与えらえず、自分で獲物を探さなければならない犬どもは、家畜というより狼のように見えた。養禽場の鳥さえ鉄砲で撃った。モスクワには敵わなかったが、気だるいタガンローグよりはずっと幸せな生活だった。

ある日、アントンは野外を一人で散歩していた時、ステップの中で一つの井戸を見つけた。

彼は近寄って、水に映る自分の姿を長い間眺めた。静かで燃えるように暑い日盛りだった。空は異様に深く、透き通って見えた。むき出しの平原の上に、さえぎる雲ひとつなく、丸天井のように広がっていた。なんという静けさ！　突然、一人の女が現れた。冷たい水を満たす手桶を持っていた。側まで来ると、アントンは女がほんの小娘であることが分かった。十五歳くらいか、きれいだ……素足で丈の高い草を踏んでいた。彼女は井戸の縁石に手桶を置いた。二人は言葉を交わさなかった。お互いを見てさえいなかった。だが二人とも、暗い水の中で微笑む自分たちの顔を眺めた。言葉もかけず、アントンは若い農婦を抱きしめた。愛撫し、キスをした。彼女は逃げようとしなかった。何も言わなかった。地上の全ての恋人たちのように目を閉じた。唇は恨み言や笑いのためではなく、ただ口づけのために開かれた。時が過ぎた。二人とも見つかるのが怖かった。腕を解《ほど》いた。しかし、別れられなかった。彼は彼女の手を取り、二人は井戸の側でじっと黙って身を寄せ合った。井戸に映る太陽が、黒ずんだ銀のように陰って見えた。空が灰色になっていた。そうだ、もう遅い。娘は村に戻らなければならない。ひっそりと彼女は立ち去った、満たすのを忘れてしまった手桶を手にして。

何か月か後、アントンはモスクワに向けタガンローグを去った——少年時代は遠かった。

＊1　次兄ニコライの愛称。
＊2　丈の短いコート。
＊3　フリードリッヒ・シュピールハーゲン　一八二九〜一九一一　ドイツの小説家、ロシアで多くの愛読者を持つ。
＊4　ロシアの里程　一ベルスタが約千メートルに相当。

11

これが一八七六年、アントン・チェーホフの家族（父、母、四人の兄弟、一人の妹）のモスクワでの暮らしぶりである。彼自身はその時、生地、タガンローグの高校を卒業していた。十六歳だった。

弟、アントン宛のアレクサンドル・チェーホフの手紙

〝一八七六年九月二十七日、モスクワ〟

〝俺たちの暮らし向きはひどくまずい……金は全部使い果たした。ミーシャ・チェーホフ（モスクワ在住の従弟）に十ルーブル借りたが、それも使っちまった……新しくもなんともない、毎度お馴染みの話さ。質入れするものも何も残ってやしない〟

破産した雑貨店主の父は、借金のための投獄からどうにか逃れ、働き口を探していた。だが時間が経っても、何も見つからなかった。ところが——アレクサンドルは皮肉に書いた。

〝俺たちは毎日、毎日、教会に行く。それからこれでも商売人上がりとして証券取引所に行ってセルビアの戦争の話を聞く。それで、普段通り、何も見つからず家に帰るんだ〟

〝家〟はひどく貧しく、ひどく侘しい場所にあった。チェーホフ一家は住いを転々とした。どこも、彼らには家賃が高すぎた。最後に本当のあばらやにたどり着いた。彼らは一つの部屋と、一つの階段下の物置で暮らした。何もかも汚く、散らかっていた。一匹の犬、鳥、それに親戚の老婆を迎え入れ、老婆は彼らと同じ部屋で寝た。ロシア人のなげやりと怠惰が悲惨な雰囲気に拍車をかけた。アレクサンドルはアントンへの手紙の中で、この暮らしぶりを活写し、男物のオーバーを着て、薪《まき》を割り、水の入った重いバケツを引きずりながら、絶えず泣いている母の様子を伝えてきた。マリアは十三歳で、女中のように働いていた。末っ子のミハイルは入学金を払う金がなく、中学に入れなかった。年長の二人、アレクサンドルとニコライはわずかな実入りを親たちに分けねばならなかった。彼らはいくらか勉強を教え、挿絵入りの小雑誌に寄稿していた。ニコライは怠け者で酒飲みだった。アレクサンドルは人妻を誘惑していた。人妻はまずいことに、夫を棄ててしまった。アレクサンドルはそれから、文無しの身で、愛人とその息子を腕に抱えることになった。そんな全てが、アレクサンドルと両親の間のいがみ合いを引き起こした。果てしもない嘆き、涙、金切り声。心が痛むぜ、本当に！　アレクサンドルは書いた。〝叩かれた者の涙と叩く者の騒々しい怒鳴り声。煙と混乱と気まずさ……〟

〝一八七七年二月二十七日　モスクワ〟

〝俺たちの両親にゃ驚くよ。俺に金があるのか、どうやって手に入れるのか、あてがあるのか、いっぱいあるのかなんて二人とも全然聞きやしない。そんなことに興味がないんだ。ただ毎月、決まった日に五ルーブル受け取ることだけは知ってる。その上月に八回も俺から金を借りるんだぜ〟

父は教会の番人の店で買った説教集を家族に大声で読んで自分を慰めた。みんなで聞くが、時々一人、絵描き（ニコライ）がモデルの頭を叩いて怒鳴った。

「おい、頼むぜ、ミーシャ、ポーズの取り方、いつになったら分かるんだ？　斜めに体を回せ！」

「静かにしろ！　この不信心者が！」父が叱った。

また静かになる。朗読が終わる。番号と、日付けと、銘を記して説教集を釘に掛ける。

「代金：一カペイカ。神は讃えられよ」

惨めな暮らしでも人は酔った。チェーホフ家にはモスクワに親戚がいた。商店の店員、しがない小売り店主、等々。

〝彼らの精神的信条はいつも同じだ――飲む時、人は死ぬ、飲まない時、人は死ぬ。ならば飲む方がいい〟（アレクサンドルからアントンへの手紙、一八七七年十一月二十三日、モスクワ）

〝しょっちゅう、夜、チェーホフ家の男女が集まって……〟（一八七七年三月）

テーブルが数え切れない数の瓶で埋まった。飲みながら、耳に心地よく、魂に触れる教会の歌を歌った。気分よく酔って感極まった男たちは、ロシア風にキスを交わした。その間、ご婦人方は日頃の空しい悩みを忘れ……ブラウス、腰当等についておしゃべりした。

それから家族全員が床に敷いた大きなマットレスの上で横になり、そこで眠った。父、母、子どもたちが雑魚寝《ざこね》し、それに従妹と犬と一緒のミハイルも加わった。

アレクサンドルは絶叫した。「あいつらと一緒に生きる。そいつぁ徒刑囚の暮らしだぜ！」

父、パーヴェル・エゴロヴィッチはやっと会計の働き口を得たが、そこに長くいられなかった。彼は嘆いた。「奴らが書類をわしにくれる。わしは何を書くのか分からん。奴らはそれをわしに言うんだが、また席につくと、わしは全部忘れちまうんだ」

「わしはもう自分の家族のために働けん」ある日、彼はアレクサンドルに言った。

アレクサンドルは書いた。〝これまで親父《おやじ》が家族のために何をやったか、どんな仕事をやり遂げたか、どんな難しい仕事に取り組んだか俺が聞くと、親父は答えたもんさ。「空の鳥を見ろ。あいつらは種も蒔かん、刈り入れもせん。納屋には何も蓄えん……それでお前の天なる父があいつらを養われるんだ」〟

彼は息子たちにちゃんと養ってほしかったのだろう。「父さんと母さんは食わねばならんのだ」彼は立派な髭を撫でながら、厳《おごそ》かな口調でよく言った。後々、アントンは微笑みながら、何度この言葉を繰り返したか。病気になって人が彼を休ませようとする、あるいは、彼は書き過ぎている、本当の芸術家はそんなに書かない、もっと自分の芸術に対する敬意、我慢が必要だ、と言われると、彼は楽し気に、そして悲し気に答えた。

「でも、よくお分かりでしょう、父さんと母さんは食わねばならんのです」

しかしパーヴェル・エゴロヴィッチは子どもたちを養うことは拒んでも、そんなことで、〝神からの授かりもの〟父親の権力を手放す気はなかった。ある日、家族は壁の聖なるイコンの下に、自分たちを教化するために、パーヴェル・エゴロヴィッチが丹念に飾り文字で書きつけた日課が掛けてあるのを見て驚いた。アレクサンドルのおかげで、私たちに届いた文言はこの通り――

モスクワの住人、パーヴェル・チェーホフ一家の仕事と家庭的義務の規則。起き、眠り、食べ、教会へ行かねばならぬ時も、余暇をいかに過ごそうとも、仔細に眺め、肝に銘じるべし。
五時から夜七時まで
ニコライ・チェーホフ　二十歳：家内の監視と指導
イヴァン・チェーホフ　十七歳：上記の規則に基づく家庭の監視!?
（アレクサンドルは書き加えている。〝原文の感嘆符、疑問符は当人の極端な驚きを表している〟）
ミハイル・チェーホフ　十一歳：
マリア・チェーホフ　十四歳：
教会に通う　祭日、七時の聖体降臨式、六時半と九時半のミサ。
注記：家族の父、パーヴェル・チェーホフこれを認む。本規則に厳密に従わざる者は、始めに厳しく叱責され、然るのち体罰を受けるもの也。体罰の間叫び声を上げることを禁ず。
署名：家族の父なる、パーヴェル・チェーホフ

体罰は先ず、十一歳のチェーホフ（ミハイル）に加えられた。理由――八分起床が遅れた。他日、イヴァンは余りにも激しく殴られ、叫び声に起こされた近隣の者たちが抗議した。途端に、パーヴェル・エゴロヴィッチは教育の仕事に嫌気がさし、規則は消えた。なんとなく、彼は子どもたちが自分を批判し、自分に反抗し始めたのを感じていた。アントンはこんなあれこれをどう思ったか？　アレクサンドルが父の残虐と無知をわざと誇張し、現実にいくらか面白味を加えたことは分かっていた。

だが、基本的にはやはり本当だった。それが彼の両親だった。モスクワで彼を待っていたのは、そんな家庭であり、そんな暮らしだった。彼がその頃何を家族に書き送ったかは分からない。一八七六年から七八年の間のアントンの手紙は、家族のひっきりなしの引っ越しで全部なくなるか――チェーホフ家は三年で十一回住いを変えた――火を熾《おこ》すのに使われてしまった。アレクサンドル本人について言えば、結局彼はアントンに大して関心がなかった。彼が手紙を書くのは、両親について泣き言を並べるか、些細な買い物や（〝煙草を送ってくれ。タガンローグなら一ルーブルの奴がモスクワじゃ倍だ〟）昔の女たちへの恋文をアントンに託すためだった。そして弟がどうやって窮地を切り抜けたか、決して尋ねなかった。一度だけ、アントンの困窮にこんな言葉で遠回しに触れた。〝お前の最近の手紙によれば、素晴らしい暮らしぶりとはいかんようだなあ！　ああ！　それでもうまく収まるさ！〟

その間、父はやっと商品倉庫の仕事を見つけた――住み込みで月三十ルーブル。チェーホフ家にとっては幸いだった。時には金が入ったし、父さんから解放された。彼はもう家では寝ず、日曜しか姿を現さなかった。みんながほっと息をついた。

12

十九歳の青年、アントン・チェーホフはモスクワに到着する。やっとボタンをはめた安物の窮屈なスーツを着込み、小さすぎるへんてこな帽子を被っていた。もう高校生ではない、遂に！　彼は大学生である。医学部への入学登録は済んだ。学校の厳しい規律に縛られるのは止めた。独立の証《あかし》として、襟元にばらばらにかかる髪の毛はもう切らない。細く真っ直ぐな鼻の下に、うっすら髭が生えていた。彼の顔はとてもロシア的で農民的――深くて優しい目をしたキリストの顔、だが口元には皮肉っぽい皺がある。

この時期、彼の家族は教会の下にある、じめじめした地下室に住んでいる。窓からは通りと通行人の足しか見えない。中のなんたる暗さ、なんたる饐《す》えた臭い！ だがアントンは家族との再会、とりわけ、モスクワで生活することが嬉しい。彼一人ではなく、タガンローグの同級生が二人一緒に住みに来て、この間借り人たちのおかげで、チェーホフ一家はちょっとはましなものを食べ、さらにもう一度引っ越して、もっと手頃な住まいに落ち着く。売春宿のある界隈だったが、若者はあたりをジロジロ見たりしなかった。彼は活力溢れる、最良の未来への希望に胸を膨らませていた。うまくやっていけるさ。彼は言った。「僕は豊かになるよ。それは二二ヶ四と同じくらい確かさ」だが彼は見栄っ張りでも強欲でもなかった。彼にとっての豊かさ、それは単に日々食事を摂り、家族を養い、そして、何よりも、より落ち着いて、よりきちんと暮らすことを意味していた。チェーホフ一家の中で、彼だけが内的な要請、より高い精神生活への欲求を持ち合わせていた。

アレクサンドルとニコライは家を離れていた。父、彼の心はそこになかった。アントンは年かさの家長であり、直ぐに（半ば無意識に）結局、終生続いた家族と自分自身の教育にとりかかった。

「それは良くないぞ」彼は驚いている幼いミハイルに言った「嘘をつく、くすねる、自分の母さんに口答えする、動物をいじめる、それは悪だ」

だが、敬意を呼び起こすのは、言葉——実際アントンは誰よりも説教を好まなかった——よりも、お手本だった。彼はいつも礼儀正しく、落ち着いて、快活で、むら気がなかった。

少しずつ、家族は立ち直った。チェーホフ家の子どもたちは揃って輝かしい才能に恵まれていた。アレクサンドルは文章を書き、ニコライは絵を描いた。イヴァンは学校の先生で、もうじき一人でやっていけそうだった。ミハイルまで、大学生のために学部の講義を清書してちょっと稼いでいた。彼、アントンは医者になるだろう。内気で神経質なマリアは兄を慕い、成長して〝ちゃんとした娘〟になった。暮らしはより穏やかになり、家族は気がかりはあっても、時に殆ど幸福だった。

この若者たちには皆十八歳から二十歳の仲間がいた。彼らは誰かの家、また別の誰かの家、そして一番頻繁にチェーホフの家に集まった。ロシアでは貧乏が、家を開いておく妨げには決してならなかったのだ。アントンの友人たちは、彼の家に賄《まかな》いつきで下宿して月二十ルーブル払い、それで普段の食事が良くなった。全ての部屋にベッドが用意された。皆で談笑し、コーラスを歌い、大声で朗読した。書くこともあった。アレクサンドルはいくつか短篇を、ニコライは漫画を、挿絵入り雑誌に採り上げられた。アントンがどうしてやらない？　一八八〇年、小ユーモア雑誌『せみ』（訳注：正しくは『とんぼ』）にアントン・チェーホフのおそらく初めて印刷された文学作品、「ドン河畔の領主から隣人に宛てた手紙」が登場した。ひどく目立たぬデビュー！　唯一の野心は時々の小遣い稼ぎ。彼はいとも簡単に、後の言葉によれば、〝半ば機械のように〟書く。モスクワ中の定期刊行誌、挿絵入り雑誌、風刺誌が彼の売り込み先である。本名は入れず〝アントーシャ・チェーホンテ〟というペンネームを選んだ。彼の兄弟も同級生も、彼のように、楽しんで、やはり彼のように短く、面白く書こうとする。

時折原稿が出る。だがなんたる失敗！　なんとぶっきらぼうに、侮蔑的に投げつけられる拒絶！　身なりが悪く、こんなに控え目で、こんなに自分の才能の無さ、無知を信じこんでいる大学生のプライドに気を配る者はいなかった。持ち込んだ原稿を読むことさえ、しょっちゅう拒まれた。

「これが、作品だって？　スズメの鼻先より短いじゃないか！」

時には、反対に、読んでから若い作家にこんなふうに答えて面白がる者もいた。

「長すぎるよ！　つまらんな！」

そしてつけ加える。

「自分の作品を判断する充分な批評精神なくしては書けんのだよ」

アントンは落胆せず、自分の原稿を燃やし、別の作品を書いた。

彼の能力は奇跡的だった。少しずつ、依頼主の好みに適応していった。どんどん作品が発表された。数えれば、一八八〇年には九篇、一八八一年には十三篇の物語を世に出し、以降もそんな調子が続いた。作品は毎年規則的に増え、一八八五年に最大に達した。この年には短篇、寸劇、あるいは記事で百二十九篇という数に上《のぼ》った。だが作品が出ればいいと言うものではない。肝心なのは支払われること、それが一番肝心で、一番難しい。弱小雑誌はどれもこれもその日暮らしで、定期的に破産の瀬戸際に立つ有様だ。何カペイカでも手にするには、しつこくせがんだり、懇願したり、脅したりする必要がある。そしてなんと空しい期待、なんと手ひどいあしらい！

〝時々、僕たちは皆でつるんで雑誌の編集室に行った。その方が気が楽だから。「社長はいますか？」――「います、お待ちくださいとのことで」一時間、二時間待つ。それからもう待てなくなって、壁や扉を叩き始める。ようやく食えなさそうな男がえらく眠そうに、頭に羽毛をつけて現れ、驚いて尋ねる。「どうしました?」――「社長はどこです?」――「大分前に出かけましたよ。台所から大急ぎで」――「僕たちに何も残さないで?」――「またお出でくださいと言っていましたな」〟

幼いミハイルはしょっちゅう兄たちに編集室から編集室に駆け回らされた。三ルーブルのかたをつけに……

「三ルーブルねえ」男が彼に答える。「持ち合わせがありませんな! どこから出せとおっしゃるんで? 代わりに芝居の切符はいかがで? それとも新しいズボンは? 某仕立て屋の所に行って、頼んでいただいて結構ですよ。私のつけだと言ってください」

行いは親方風だった。

アントンはせめて物語を想像し、作ることに歓びを見出すか? それも違う! 彼は急いで、不安を抱えて書く、雑誌に与えられた行数を超えないことにだけ気をつけて。まるで自信がない。幼い頃、ピンタとげんこつの力で、慎みを叩き込まれた。家と学校でいつも味わっていた劣等感、卑下する気持ちを棄てられない。こんなことでは苦しまない、ごく当たり前だ。このアントン・チェーホフに才能が? まさか! 僕の話は〝無駄話、馬鹿話〟じゃないか。できが悪いのは本当のことさ――野暮ったい文体、もたもたした喜劇、度の過ぎた作り話、それでも、それでも……何行かの中、半ページの中に、優しく悲しい微笑みを湛《たた》えた、本当のチェーホフが姿を現す。このメランコリックな嘆きは一八八二年以降だ――〝初雪がふり、つづいて二番目、三番目の雪がふって、しめつけるような寒気や、雪の吹きだまりや、氷柱《つらら》をともなう長い冬がはじまった……わたしは冬を好かないし、冬が好きだなどという人を信用しない……魅惑的な月の夜や、トロイカや、狩や、コンサートや舞踏会などこそあるが、じきに飽きがくるし、寄る辺なき虚弱な生活を一つならず毒するために、あまりにも永くつづきすぎるのだ……〟（「咲きおくれた花」一八八二年、原卓也訳）

13

アントンが寄稿する雑誌はどれも短命だった。この時代、広い読者、確かな成功を主張できるユーモア雑誌は僅かだった。ただし、その中の一誌が多くの読者を獲得していた。ニコライ・アレクサンドロヴィッチ・レイキンが主宰し、ペテルブルグで発行される『オスコールキ（断片）』である。レイキン自身かなり知られた作家で、編集者、作家として重きをなしていた。自分の雑誌を大いに愛し、至る所で、光る原稿を安く提供できる才能があって貧しい若者を探していた。ペテルブルグでは作家たちは甘やかされ、何かとうるさかった。レイキンは、モスクワなら必要な人材を発見するチャンスがもっとあるはずだ、と思っていた。そんな一八八二年、冬のある日、レイキンは結構な食事をした後、馬車の中で、上等な葉巻をくゆらせながら、同乗した友人に話した。仕事の難しさ、若者の思い上がり、知的で謙虚な寄稿者を見つけたいという願いについて。まだ明るく、通りは雪を被っていた。レイキンの友人は彼の話を聞きながら、何気なく通行人を眺めていた。突然、彼は貧相な身なりをした二人の若者に目を止めて合図を送った。レイキンが尋ねた。

「何者かね？」

「兄弟ですよ。チェーホフ家の。アントンとニコライ。一人は絵描きで、もう一人は短篇を書きます。最近とてもいいものを出しましたよ」

「そうか」レイキンは大声を上げた。「あいつら、わしの役に立つかもしれんぞ！」

馬車を停め、二人の男は降りた。寒さはひどく、通りで長話はできなかった。レイキン、その友人、チェーホフ兄弟は近所の居酒屋に入り、ビールを注文した。

「君たち、私に原稿とデッサンをもらえんかね？」レイキンは尋ねた。

いいですとも！　書くのも、デッサンするのも二人にはおやすい御用。ことにアントンには確信があった。ニコライは人の望むものなら何でも約束したが、漫画を完成させ、決まった期日に渡すには怠惰すぎた。周囲からは、最高に確かな才能を無駄遣いしている、と見られていた。彼は自分の将来を気にかけなかった。結核に侵されたこの青年は、おそらく、自分の将来がごく短いことを予感していた。まるで違うのがアントンだった。仕事に心配はなく、この尊敬すべきレイキン氏、高名で評価の高い作家をまじまじと見つめて、遂に、彼の中で野心が目を覚ました。つまり、ひょっとして自分もいつかこんな名声に手が届かないか？

直ぐにも四、五篇お送りできるでしょう、と彼は嬉しそうにレイキン氏に言った。

「当然、ごく短いんだろうね？　それで面白い。そういうのだけが読者に受けるんだ。検閲が見張ってる。深刻なものは避けたまえ。軽快で、おかしくて、ぴりっとして、スピーディな……」

アントンは全て同意した。なんたる幸運。で、原稿料はいかほど？

「一行八カペイカ。一話につき四から五ルーブルだな」

素晴らしい。

「寸劇、ヴォードヴィルも送ってくれていいぞ」

しめた！　アントンは突っ返された自分の全ての原稿、それからアレクサンドルの原稿を考えた。彼は自分の運と兄の運を分けて考えていなかった。ニコライとチャンスを共有するだけでは不十分、モスクワにいない兄貴のことも考えなくては。

アントンは思った。〝明日すぐ手紙を書こう。五十行から八十行の短篇を送って欲しい……すぐに五篇や十篇書いて欲しいと〟できないことはないだろう？　書くことは話したり、息をするのと同じくらい簡単だった。若いチェーホフは何にも尻込みしなかった。必要とあらばハンガリーの貴族でも、パリのドゥミモンド*でも取り上げた。ロシアを一度も離れたことがなく、学生や、商人や、モスクワの小市民しか知らない彼が！　いいじゃないか！　読者は何だって喜ぶんだ。モスクワの読者は趣味も文化もあったもんじゃない！

唐突に、チェーホフはレイキンに向かって言った。

「ご著書を一冊いただけませんか？　大切にさせていただきます。装丁もさせて」

レイキンはにっこりして約束してくれた。この気配りに気を良くしていた。アントンは増々嬉しくなった。新しい友人同士は別れた。

「さあ僕らの出番だね」二人きりになったとたん、アントンは兄に言った。

人生で初めて、彼は誇らしさを感じた。自分の作品にではなく、それが載るだろう雑誌に。アレクサンドルに書き送った。

〝『断片』は今最も旬《しゅん》の雑誌と言わねばなりません……至る所で読まれています……今や、僕には他の雑誌を高みから見下ろす権利があります〟当然、もっと仕事をする必要はあるだろう。これまで、自分の原稿の清書すらしなかった。その準備はできていた。必要なら手直しだってするぞ、と彼は思った。欠けていたもの、それは時間であり、静かな部屋であり、心の平和だった。彼は二十二歳で、上着や長靴のために、周囲から、五ルーブル、十ルーブル借りねばならなかった。ああ、そんなこともいつか終わるさ！　医者になったら。文学は趣味でしかなかった。本当の天職は他にあった。そして人がいっぱいの食事部屋の中で、周囲の兄弟、仲間たちが談笑するのを聞き、自分も笑い、大きなカップでお茶を飲みながら、テーブルの隅で、チェーホフは初期の短篇を書いた。

彼は同じようにレイキンのためにルポの仕事もやった。面白かった。彼は何にでも興味を持った。芝居、裁判、街角や店での喧嘩沙汰、押し込み強盗、死体解剖、その全てが彼の話のテーマとなり、経験を豊かにした。彼はとても若かったが、宏大なロシアの様々な人間たちをもう沢山見ていた。タガンローグでは、雑貨店主、司祭、学校教師、農民、船員。モスクワでは、商人、役人、しがない小市民、大学生、都市の貧民、店員、御者、管理人。一八八三年、弟のイヴァンはモスクワ近郊の小村の小学校に赴任し、チェーホフ一家は夏の間そこで過ごした。アントンは駐屯兵や田舎の小娘を知った。少し後には、病院で働いた。そこにも違った人間たちがいた。村外れに修道院があった。アントンはそこを訪ね、修道士たちと話をした。他人の目にはどうでもよく、殆ど注目に値しないと映る人々、状況、出来事にもアントンは興味を持った。彼はくるみの殻から世界を創造した。ある日、ある作家が彼の前で中篇や短篇のテーマを見つけるのが難しいと語った時、彼は声を上げた。

「何をおっしゃいます？　私なら誰のことだって、どんなことだって書きますよ……」

彼の目は輝いていた。あたりを見回して、何か物を探し、灰皿を掴んだ。

「さあ！　これをご覧なさい！　私は明日〝灰皿〟という題の小説を書いてごらんにいれます。どうです？」

若々しく、快活で、情熱的で、貪欲な精神を持つ彼は、その時、軽い話の題材を見つけてやる、というただ一つの欲望で世界を見ていた。依頼主もそれを望んでいた。時折、彼は深刻な、あるいは悲しいテーマを想像した。編集者に言い訳を書き送った。〝百行の中に一つのささいな深刻事があっても、さほど不興を買うことはないと私は思います。（原文では――読者の目を抉《えぐ》りはしないでしょう）〟しかし彼自身、用心が必要で、読者は一度は許しても、求めるものは相変わらずコミックだと思っていた。残念だった。是非とも人を笑わせるという義務は、終いには魂を疲弊させ、心の底に言い知れぬ悲しみを呼び覚ましたから。しかし、若き日のチェーホフは、人生をにこやかで愛嬌のある女友だちとして扱い、彼女と一緒に笑う以上は求めなかった。だが……書きものとして、それでは〝無駄話、馬鹿話〟に過ぎない。自分の周囲をじっくり眺め、現実を観察しなければならず、現実は充分に醜く、悲しかった。欺かれた夫たち（「二兎を追う者一兎を得ず」一八八〇）、無知蒙昧で乱暴な親たち（「パパ」一八八〇）、馬鹿げた結婚（「婚礼の前に」一八八〇）、虐げられた農民たち（「リンゴのために」一八八〇）、笑いはしばしばしかめっ面で終わる。だが人々は笑っていた。それ以上、何が必要だったか？

＊ 社交界の裏世界。チェーホフの短篇、「不必要な勝利」（一八八二年）で採り上げられた。

14

一八六〇年代のロシアでは、大多数の人間が農奴の身分の廃止を願い、社会の改革を望み、より良い未来を期待していた。農民の奴隷制度こそ諸悪の根源、と誰もが考えていた。それを嘆くあまり、人々は終いにはロシアの農民を一つの理想、模範に仕立て上げた。ロシアの〝インテリゲンチャ〟は農民の中に、他の人間たちより良くも悪くもない普通の人間を見る代わりに、幾世紀もの不幸で堕落したとはいえ、裸足で汚い髭を生やしたイヴァンなり、ディミートリーなりに一人の預言者、一人の聖人をどうしても認めたがった。遂に農奴の身分が廃止されると、農民は主人と同じくらい残虐非道をやりかねない無知な獣性を曝《さら》け出した。解放されたにも拘《かかわ》らず、農民はかつてと同じように悲惨だった。貴族はと言えば、彼らは破産に瀕していた。ゼムストヴォ（地方行政機関）は殆ど機能しなかった。役人の収賄——旧悪、ロシア永遠の悪——はゴーゴリ以来変わらなかった。一八八一年三月一日のテロ[＊1]以降、反動が猛威をふるい、時に、ニコライ一世が統治した最悪の日々を思い出させた。馬鹿げた検閲、残忍な風紀取締り、革命家と政府は攻撃と弾圧の中で残虐さを競い合う、これが一八八〇年～九〇年のロシア社会のおおよその構図だった。人々は最早落胆と無関心しか感じていなかった。

多くの気高く広やかな夢想、多くの犠牲になった命は一体何のためだったのか？　人々は政治にも社会改革にもうんざりしていた。労働者だけがまだ騒いでいたが、〝インテリゲンチャ〟とははるかに遠いままだった。農民に失望したインテリゲンチャは労働者を知らなかった。そして、もし知ることができたら、おそらく、彼らを恐れていただろう。時を隔て、来るべき歳月に何が隠れていたかを知った今、特権階級の悲しみ、無気力がどんなに悲壮に見えることか！　彼らには最も恐るべき末路が約束されていたのだ！

人々はその頃も、いつに変わらず、生きる理由を探し求めた。ここでは若者をあれほど熱狂させたマルキシズムは語るまい。その成果はもっと後にしか現れないはずだ。一八八〇年代のロシア精神は三つの傾向に牽引されていた。

先ず、諦めとささやかな美徳の実践。（午後二時に真昼を求めるな、と人々は言った。異様な改革の何がいい？　各人が慎ましい範囲で最良の働きをすればいいんだ。ひもじい者には食べさせてやれ、学校、病院を建てろ、正直で情け深くあれ、それで充分だ）

それから極端な個人主義。（芸術のための芸術論）

そして最後に、トルストイ流の自己の完成。

残念ながら、こうした考え方のいずれもが〝善意の人〟を充分に満足させることができなかった。ロシアは〝ささやかな美徳〟に水を差さずにおくには、あまりにも大きく、あまりにも悲惨だった。何百万という文盲のために学校を一つ、あるいは十や百建てたところで何になる？　どうして一つの村、一つの町の住民に食べさせるのか？　他のロシア中が飢え死にしようという時に。一番小さな者から一番大きな者まで、誰もがこぞって盗みを働く国でどうやって正直でいろと、それになんで？　個人主義もよく考えてみれば、それ以上の値打ちはなかった。心を持たぬ獣《けだもの》でもない限り、無数の無辜《むこ》の者たちの苦しみを忘れられるものではなかった。それなら、何が残るか？　自己の完成、真理の探究、トルストイに従って？　この考えは魂に大きな力を持っていた。しかしこれもまた、幸福はもたらさない。八十年代の人間は悲痛で、不安で、後悔、ためらい、漠たる呵責の念、それと異様な予感に苛《さいな》まれていた。

これほど私たちの時代と異なる時代は想像できない。私たちにはこの人々が幸せと思える。彼らは私たちを苦しめる悪を何も知らなかった。自由を願っていた。私たちにのしかかる暴政を知らなかった。宏大な領土の中で、戦争と言えば、非常に遠い帝国最果てのトルコ戦争しか知らず、私たちが経験した革命の代わりに、土地をめぐるいさかいかストライキしか知らなかった。そんな彼らを想像する時、私たちがどれだけ羨ましいか！　それでも、彼らは不幸だった。痛切に、深く、ひょっとすれば、私たち以上に。実際、彼らは自分たちを苦しめるものを知らなかった。悪が君臨していた、当時も、今と同じように。それは今日のように、黙示録の形をとっていなかった。だが暴力的な精神、卑劣、腐敗は蔓延していた。現在同様、世界は盲目的な死刑執行者と諦めてしまった犠牲者に分断されていた。だが何もかもが卑小で、偏狭で、凡庸さに貫かれていた。人々は怒りも嫌悪もなく、それに相応しい憐れみを込めてこの凡庸さを語る作家を待ち望んでいた。

文学はその頃、魂に大きな力を持っていた。暇で、教養があり、鋭敏な読者——彼らが探し求めていたのは、才気ある娯楽でも、純粋な美的満足でもなく、一つの教え（doctrine）だった。言葉の最良の意味において、ロシアの作家は教師だった。ヨーロッパの読者は〝我々は何者か？〟という質問を暗に作家に向ける。だが、不安に駆られたロシアの人々は〝我々は何者であるべきか？〟を作家に問うた。そして誰もが自分のやり方で答えようとした。「カラマーゾフの兄弟」が登場したところだった。サルティコフ[*2]は「ゴロヴリョフ家の人々」を書いた。ツルゲーネフの完璧で憂愁に満ちた晩年の物語の時代だった。トルストイは王であり、神だった。そしてロシア中で崇拝されるこうした大家たちの中で、慎ましい青年、アントン・チェーホフは、生活の資を得ることしか考えず、初期の短篇を書いていた。

＊1　「人民の意志」党員による当時の皇帝アレクサンドル二世の暗殺、史実は三月十三日。

＊2　ミハイル・サルティコフ・シチェドリン　一八二六～一八八九　ロシア最大の風刺作家と目される。「ゴロヴリョフ家の人々」は地主貴族一家の没落を痛烈に描き出した長篇小説。湯浅芳子氏による邦訳がある。

15

八月の午前一時だった。アントンは書いていた。夜、ロシアの家では、誰も寝ようと思わない。夜のお茶を延々と飲んでいると、窓の下を通りかかった友人たちが灯りを見て上がって来た。彼らは立ち去ろうとするまい。チェーホフ親父は特別好きな読み物を大声で読んだ。飽きもせず、何時間でも声を張り上げて読むことができた。妻一人が、それを聞いていた。アントンの弟たちは、二人で笑ったり、しゃべったりしていた。誰かがオルゴールをつけ、「美しきエレーヌ」の曲が隣部屋の乳飲み子の泣き声と混ざり合った。アレクサンドルの子どもだった。アレクサンドル本人はアントンのベッドで寝ていた。アントンはできる所に落ち着くだろう。ロシア人のもてなしは果てしない。

　アレクサンドルはやっと最初の女を追い払ったが、殆どすぐにまた所帯を持った。またしても既婚の女で、しかもユダヤ人だった。彼はタガンローグの税関事務所で職を得ていた。アントンは書いた。〝我が兄アレクサンドルはユーモリストですよ。もう何もかも盗られてしまった時にタガンローグの税関事務所に入るなんて……〟哀れなアレクサンドル！　借金と酩酊が彼の人生を地獄にしていた。飲んでいない時、彼は元気で、機知に富み、魅力的で、愛想のいい友であり、正直な男だった。ところがワインを一杯飲むと、とたんに正体を失った。家族、友人、見ず知らずの人間から借金して、びた一文返さなかった。借金が積み重なった。誰彼かまわず自分の不幸を訴えた。自分でどぶから拾い上げた女、騎士道精神か、感傷か、ひょっとしたらなげやりか愛か、（彼自身分からなかった）いかなる理由か神のみぞ知るその女が、彼には我慢ならなくなった。女を罵《ののし》り、時には虐めた。泣き言を言い、嘘をついた。子どもたちを愛していると言い張りながら、かまってやらず、叩いた。ニコライもましではなかった。彼の女とアレクサンドルの女は姉妹だった。ニコライも酒を飲み、血を吐いた。だがアントンはアレクサンドルほどしょっちゅう彼に会わなかった。アレクサンドルはにっちもさっちも行かなくなると、妻、家政婦、家具、下着を詰めたかご、子どもたちもろとも、モスクワに発った。全員がアントンの家に居座り、彼の費用で暮らした。

　アントンは書いていた。オルゴールの音楽も、単調な父の声も、病児の泣き声も意に介さず。だがこの晩、アレクサンドルはいつにも増して落ち込んでいた。絶対に誰かに愚痴をこぼし、慰めてもらわずにいられなかった。そして誰がアントンよりちゃんと聞いてくれるだろう? あくびをし、呻《うめ》きながら、彼は弟の所にやって来た。弟に赤ん坊のことをくだくだ話した。「絶対腹が痛むんだ。だから泣くのさ」そもそもアントンは医学生だった。彼ならただで助言をもらえた。それから果てしないため息、泣き言が始まった。俺の人生は台なしだ。確かに悪いのは俺さ。それにしても、誰も俺を哀れんでくれん、理解してくれん。彼は自分のひどい健康、妻の健康、自分の厄介ごと、空しい人生、偉そうかさもなければ卑屈な友人たち、人生全般、風俗、政治、神について語った。アントンは諦めて聞いていた。子どもは老人の声まで、「美しきエレーヌ」の曲まで、食事部屋の果てしない会話まで覆い隠すほど激しく泣き叫んだ。〝静かな部屋があったら、自分の一隅が……〟アントンは思った。書きかけのページを押しやった。アレクサンドルは明け方まで放してくれそうもなかった。兄が話している間、アントンは書き終えたいくつかの短篇を封筒に入れ、レイキンの宛名を書き、こんな言葉を走り書きした。

〝今回お送りするのは失敗作ばかりです。着想は冴えず、話しは短すぎます。私にはもっといいテーマがあり、これ以上書けたでしょうが、今回は、運にそっぽを向かれてしまいました〟(一八八三年八月、モスクワより)

夏が来ると、チェーホフ一家はモスクワを離れた。ニコライのデッサン、アントンのなぐり書き、サモワール、ジャムの瓶、シチュー鍋を携えた父、母、子どもたち、彼らは市の周辺で安くてひっそりした場所を探した。一八八五年、バブキノという土地に戸建ての家を借りた。家主の家が公園の端にあり、もう一方の端がチェーホフ一家が暮らす長くて低い木造の建物だった。

一家は春の初めにそこに到着した。

〝今、朝の六時。家の者たちは眠っている……おそろしく静かだ……僕らが着いたのは、もう夜中の一時……別荘の門は閉まっていなかった。僕らは家主を起こさず、中に入った。ランプを灯すと、まったく思いもよらなかったものが目に入った。すごく大きな部屋がいくつか……必要以上の家具の数々……いったん落ち着くと、僕は鞄を整理し、ちょっと何か食べるために腰かけた。ウォッカを少し、ワインを少し飲んで……そして窓から黒くなっていく木立や川を眺めるのは、楽しかったね。ナイチンゲールの鳴くのを聴いて、自分の耳が信じられなかった……〟

それは一八八五年五月十日だった。彼はモスクワに残っているミハイルに手紙を書いた。彼は手紙の中で、深く心にかかることを語るのを好まなかった。そして自然に対する愛は彼の慎ましやかで深い感情の一部だった。彼は文学は別として、それを表に出さない。文学なら当然、話しが違い、可愛い弟のミハイルではなく、見えない架空の怪物――読者――に語りかける。兄の初期の書き物をちょっと皮肉な目で見てきたミハイルは、兄が小遣い稼ぎで、ナイチンゲールの鳴き声、暗い木立、川をもう何回使ったか知っている。だが、この晩、アントンはとても幸せだった。心配事は消えていた。

まず金の心配――〝一発で二十五ルーブル払うのはきつい〟（一八八三年）〝モスクワの記念祭から僕は遠くに逃げ出した。そいつはどんな旅行より高くつくんだ〟（一八八四年）〝金がない。『ペテルブルグ新聞』はまだなんにも送って来ない。『気晴らし』は雀の涙だ。『目覚まし時計』からは十ルーブル以上は引き出せない……〟（一八八四年）家族の心配――〝ニコライは病気で、ほとんど稼がない。アレクサンドルはどうしようもない〟（一八八四年）最後に健康の心配――去年彼は具合が悪く、ある日喀血した。〝この出血には何か恐ろしいものがあります。火事の炎のように〟

一瞬、彼は怯《おび》えた。死にたくなかった。人生は楽しかった。素敵なことがいっぱいあった――美しい女たち、実際彼は美を愛した、禁欲者ではなく、最も人間的な男だった、自然、気ままな散歩、書物、芝居、友情。血で汚れたこのハンカチ、それが意味するのは……死なのか？　彼が救いを求めたのは忍従でも、不遜でも、或いは知識でも、西洋の効能でもなく、真実に面と向かって坐り、長い間凝視し、逃げようとせず、終いには真実が全て形を失い、雲散霧消するほどしっかり見つめるスラブ風の無為だった。彼は養生して生き方を変えようとは思わなかった。〝私は喀血しましたが、結核患者ではありません〟彼は近親者にそう書き送っている。

その晩は、そんなあれこれを思い煩《わずら》う必要がなかった。目の前に何週間かの休みがあった。川で泳ごう、釣りをしてやろう――魚がいっぱいいるぞ。バブキノの家主、キセリョーフ一家の人たちは魅力的に見えた。階級の違いはあっても、彼らがチェーホフ一家を見下すことは一切なかった。

〝彼女（キセリョーフ夫人）は母にジャムを一瓶くれた。ものすごく親切な女性さ〟とアントンは書いている。それに将来は結局充分に輝いて見えた。この年、彼は医学の勉強を終えはしなかったか？　悪いことに、彼には友だちが多すぎた。皆いつでも彼のところに来る用意をしていたが、誰も彼に支払う気などなかった。田舎からも問い合わせがあった。悪い気はしなかったが、こんな診断を書き送っても報酬は殆どなかった。

〝オヌーフリ・イヴァノヴィッチの幼い娘さんは何で苦しんでいるんでしょう？　母から話を聞き

ましたが、私にはよく分かりません。朝、塩水で水浴をさせなさい。（バケツ一、二杯の水を入れた桶に塩を一匙）〟

気がとがめて、彼はつけ加えた。

〝そもそも、それについてはあなたのお医者の方が私よりよくご存じですよ〟

この五月の夜、眠りについた家の静けさの中で、彼の心を訪れるあらゆる夢想のうち、一つだけが、確かに、彼に近づかず、彼を煩わせなかった。それは栄光についての思いだった。何と彼がそれに縁遠かったか！　ところが……

16

グリゴローヴィチ[*1]からチェーホフへの手紙

一八八六年三月二十五日　サンクト・ペテルブルグにて

〝大いに尊敬するアントン・パヴロヴィッチへ！〟

一年ほど前、私は『ペテルブルグ新聞』で偶然あなたの短篇を読みました。今はもうその題名を覚えておりません。ただ、全く特異な独創性、とりわけ人物と自然描写の目覚ましい正確さ、真実に心を打たれたことを覚えています。その日以来、私はチェーホンテと署名されたものを全て読んできました。ペンネームを使う必要があると思うほど自分を軽んじる人物には内心苛立ちましたが。あなたのものを読む度に、私はスヴォーリンとブレーニン[*2]に私の例にならうよう薦めました。私の話を聞いた二人は、今は私と同じように、あなたの真の才能――あなたを新しい世代第一級の作家とする才能を疑っていません。私はジャーナリストでも、出版人でもありません。読むことによってのみ、あなたのお役に立てるのです。もしあなたの才能を語るなら、私は確信をもって語ります。私は六十五歳を超えました。しかし、文学への愛情は大いに持ち続けています。成功作は私にとって非常に貴重なのです。その中で生き生きとして、天分に恵まれた何かに出会うと、このとおり、私は必ず抑えきれないほどの歓びを感じます。私はあなたに両手《もろて》を差し延べましょう。しかしそれで全てではありません。重ねて言っておきたいことがあります。――あなたの疑いない才能の様々な質、内面分析の真実、描写の熟達（吹雪、夜、「アガーフィア」[*3]の背景など）、〝燃え尽きる熾火《おきび》のように〟消えていく夕空の雲の完璧なイメージが数行で現れる時の美的感覚等々によって、私は確信するのですが、あなたは素晴らしい、本当に芸術的な作品を書くことを求められているのです。もしこの希望に応えないなら、あなたは道徳的に大きな過ちを犯すことになるでしょう。そのために必要なのはこういうことです――滅多に授《さず》からない才能を尊重すること。やっつけ仕事は一切止《や》めること。あなたの経済状態は存じませんが、もし貧しいなら、ひもじさに耐えることです。かつて私たちもそれに耐えたのです。一つの考え抜いた完成作のために、あなたの印象をとっておきなさい。思いつきではなく、はっとするようなインスピレーションの湧く、至福の時間に書くのです。そうして生まれる一つの作品は、あちこちの雑誌に書き散らす何百の好短篇より、百倍高く評価されるでしょう。一挙に、あなたは賞を取り、識者たちに、更には、全ての一般読者に注目されるでしょう。近くあなたの短篇集が刊行されると聞いています。チェーホンテのペンネームで出すおつもりなら、どうか直ちに出版社に電報を打って、本名に変えてもらってください。『新時代』の最近の短篇、「お抱え猟師」[*4]の成功の後ですから、お名前は喜んで受け容れられることでしょう。

〝グリゴローヴィチ〟

チェーホフからグリゴローヴィチへの手紙
一八八六年三月三十一日　モスクワにて

あなたのお手紙に……私は雷に打たれたような衝撃を受けました。泣き出さんばかりに感動し、今もお手紙が魂に深い痕跡を残したことを感じています。あなたが私の若年に微笑みかけてくださったように、神があなたの老年を和らげてくださいますよう。私には、自分の感謝を表す言葉も行動も見つかりません。普通の人間があなたのような選ばれた方をどんな目で見るか、ご存知ですね。ですからあなたのお手紙が私の自尊心にとってどれほどのものであるか、お分かりいただけると思います。あのお手紙はどんな免状よりも値打ちがあり、駆け出しの作家にとって、現在、そして将来に渡る印税にも等しいものです。私はまるで魔法にかけられたようです。こんな高いご褒美に自分が値するか否か、判断できる状態にはありません。繰り返させていただきます——お手紙は衝撃でした。

もし私に尊重すべき才能があるとしても、あなたの清らかなお心に打ち明けますが、私はこれまでそれを尊重してきませんでした。あると感じても、無意味なものと思うことに慣れてしまっていました。自分自身に対する不当で過度な不信、疑い、それには純粋に外部的な理由があれば充分です。思い出す限り、そうした理由に私はこと欠きませんでした。身内の者たちは、私の作家としての仕事をまともに受け取らず、ご親切にも、なぐり書きで本業をなげうつことがないように絶えず忠告してくれました。私にはモスクワに数多い友人がおり、その中に数十人の作家もいますが、私の作品を読んだり、私の中に芸術家を認めた人間は一人として思い出せません。モスクワには〝文学サークル〟なるものがあります。玉石混淆のあらゆる年齢、種族の人たちが週に一度レストランの客間に集まり、おしゃべりに耽ります。もし私が彼らに会いに行き、あなたのお手紙をほんのちょっと読んで聞かせようものなら、彼らは鼻で笑うでしょう。五年間あちこちの雑誌をさまよう間、私はすぐに自分の作品を蔑視することに慣れてしまいました——それでさっさと書き出しました。これが第一の言い訳です。

第二は——私は医師であり、医療に首筋まで浸かっています。二兎を追う者一兎をも得ず、の格言は、誰にもまして私の眠りを妨げてきました。私はほんの少しでも、自分の大罪から解き放たれようと、こうして手紙を書いています。これまで、私は自分の文学の仕事を極端に軽く、ぞんざいに扱ってきました。書くのに一日以上かけた作品は一つとしてなく、お気に召した「お抱え猟師」など浴槽の中で書きました！　私は新聞記者が記事を書きなぐるように、短篇を書きました——機械的に、半ば無意識状態で、読者も自分自身もまるでおかまいなしに……書きながら、どういう訳か自分の中に保存し、用心深く隠してある、自分にとって貴重な心象と光景は、話の中で使わないように努めてき

刊行案内

No. 58

（本案内の価格表示は全て本体価格
ご検討の際には税を加えてお考え下

ご注文はなるべくお近くの書店にお願い致
小社への直接ご注文の場合は、著者名・書
数および住所・氏名・電話番号をご明記の
体価格に税を加えてお送りください。
郵便振替　00130-4-653627 です。
（電話での宅配も承ります）
（年齢枠を超えて柔軟な感受性に訴える
「８歳から８０歳までの子どものための」
読み物にはタイトルに＊を添えました。ご
際に、お役立てください）
ISBN コードは 13 桁に対応しております。
総合図書

未知谷
Publisher Michitani
〒 101-0064　東京都千代田区神田猿楽町 2-5-9
Tel. 03-5281-3751　Fax. 03-5281-3752
http://www.michitani.com

リルケの往復書簡集二種完結

「詩人」「女性」からリルケ宛の手紙は本邦初訳

き詩人への手紙

詩人F・X・カプスからの手紙11通を含む

ナー・マリア・リルケ、フランツ・クサーファー・カプス著
ーリッヒ・ウングラウプ編／安家達也訳

208頁 2000円
978-4-89642-664-9

き女性への手紙

女性リザ・ハイゼからの手紙16通を含む

ナー・マリア・リルケ、リザ・ハイゼ 著 ／ 安家達也 訳

176頁 2000円
978-4-89642-722-6

8歳から80歳までの **岩田道夫の世界** 子どものためのメルヘン

田道夫作品集　ミクロコスモス ＊

フルカラー A4 判並製 256頁 7273円
978-4-89642-685-4

は天才だよ、作品が残る。生きた証も人柄も全てそこにある。
はそれでいいんだ。」（佐藤さとる氏による追悼の言葉）

のない海＊

192頁 1900円
978-4-89642-651-9

靴を穿いたテーブル＊

200頁 2000円
978-4-89642-641-0

走れテーブル！　全37篇＋ぷねうま画廊ペン画8頁添

楽の町のレとミとラ＊

144頁 1500円
978-4-89642-632-8

の町でレとミとラが活躍するシュールな20篇。挿絵36点。

ァおじさん物語　春と夏 ＊

978-4-89642-603-8 192頁 1800円

ァおじさん物語　秋と冬＊

978-4-89642-604-5 224頁 2000円

あらあらあ　雲の教室 ＊

ュールなエスプリが冴える！　連作掌篇集　全45篇
下に出ている椅子は校長先生なの？　苦手なはずの英語しか喋れない？　空
ら成績の悪い答案で出来た紙飛行機が攻めてくる！　給食のおばさんの鼻歌
いろんな音に繋がって、教室では皆が「らあらあらあ」と笑い出し……

192頁 2000円
978-4-89642-611-3

ふくふくふくシリーズ　フルカラー64頁　各1000円

ふくふくふく **水たまり＊** 978-4-89642-595-6
ふくふくふく **影の散歩＊** 978-4-89642-596-3
ふくふくふく **不思議の犬＊** 978-4-89642-597-0

ふくふく　犬くん　きみは一体何なんだい？　ボクは　ほんとはきっと　風かなにかだと思うよ

イーム・ノームと森の仲間たち ＊

128頁 1500円　978-4-89642-584-0

イーム・ノームはすぐれた友だちのザザ・ラパンと恥ずかしがり屋のミーメ嬢、そして森の仲間たちと毎日楽しく暮らしています。イームはなにしろ忘れっぽいので　お話しできるのはここに書き記した９つの物語だけです。「友を愛し、善良であれ」という言葉を作者は大切にしていました。読者のみなさんもこの物語をきっと楽しんでくださることと思います。

―――工藤正廣　物語と詩の仕事―――

幻影と人生 2024 ВИДЕНЬЕ И ЖИЗНЬ 2024г.

ウクライナの激戦地マリウポリの東方100余キロ、チェーホフの生地タガンローグ近郊。だが領土紛争の記録ではない。2024年春までを舞台に、密かに今もロシアの人々を逸脱へと駆り立てる精神の普遍性を、詩人のことばで語る物語。

248頁 2500円
978-4-89642-724-

没落と愛 2023 РАЗОРЕНИЕ И ЛЮБОВЬ 2023г.

ロシア文学者として何か語るべきではないか、ロシアとはいつも受難の連続だったのだから……権力者の独断と侵略、それでも言葉を導きの糸として、文学言語が現実を変容させて行く、ロシア人の心の有り様……2023年必読の物語。

232頁 2500円
978-4-89642-693-9

ポーランディア　最後の夏に

一年のポーランド体験の記憶を、苛酷な時代を生き抜いた人々の生を
四十年の時間を閲した後に純化して語る物語

232頁 2500円
978-4-89642-669-

☆ **毎日出版文化賞 特別賞** 第75回（2021年）　受賞！

チェーホフの山

ロシアが徒刑囚を送り植民を続けた極東の最果てサハリン島を、1890年チェーホフが訪れる。作家は八千余の囚人に面談調査、人間として生きる囚人たちを知った。199X年、チェーホフ山を主峰とする南端の丘、アニワ湾を望むサナトリウムをある日本人が訪れる――正常な知から離れた人々、先住民、囚人、移住農民、孤児、それぞれの末裔たちの語りを介し、人がその魂で生きる姿を描く物語。

288頁 2500円
978-4-89642-626-

アリョーシャ年代記　春の夕べ

304頁 2500円
978-4-89642-576-

いのちの谷間　アリョーシャ年代記2

256頁 2500円
978-4-89642-577-

雲のかたみに　アリョーシャ年代記3

256頁 2500円
978-4-89642-578-

9歳の少年が養父の異変に気づいた日、彼は真の父を探せと春の荒野へ去った…

〈降誕祭の星〉作戦　ジヴァゴ周遊の旅

192頁 2000円
978-4-89642-642-

懐かしい1989年ロシア語初版の『ドクトル・ジヴァゴ』、朗読と翻訳、記憶の声

――― 西行を想う物語 ―――

郷愁
みちのくの西行

1187年69歳の西行は奥州平泉へと旅立った……

256頁 2500円　978-4-89642-608-3

1187年の西行
旅の終わりに

晩年、すべて自ら詠んだ歌によって構成する二冊の独り歌合を、それぞれ当時の宮廷歌壇の重鎮・藤原俊成とその子定家を判者に恃み……

272頁 2500円
978-4-89642-657-

丹下和彦　ギリシア悲劇を楽しむ

ギリシア悲劇？アッ敷居が高いな、と思っていませんか？　心配ご無用、観るも読むも自在でいいのです…

最新刊！ **ギリシア悲劇余話**　184頁 2000円 978-4-89642-730-1

ご馳走帖　古代ギリシア・ローマの食文化　144頁 1800円 978-4-89642-698-4

ギリシア悲劇の諸相　144頁 1700円　978-4-89642-682-3

長篇小説の愉しみ

20世紀前半 ポーランド ワルシャワ

モスカット一族

アイザック・バシェヴィス・シンガー著
大﨑ふみ子訳

のイディッシュ語新聞に三年連載。作者曰く、「一つの時代を再現す
ことが目的だった」……分割支配下ポーランドの伝統的ユダヤ文化圏
四世代百余人を登場させて十全に語る。近代化によって崩壊していく、
千年に及ぶ歴史を持つユダヤ社会と人々の生活、そこに始まった第二次
界大戦、その日々を赤裸々に描いた傑作長篇。

872頁 6000円
978-4-89642-717-2

9世紀 ポーランド ワルシャワ
＊第69回読売文学賞、第４回日本翻訳大賞受賞

人形

ポーランド文学古典叢書第７巻

ボレスワフ・プルス著
関口時正訳

世紀ワルシャワ、商人ヴォクルスキの、斜陽貴族の娘イザベラ嬢への恋心を中心
話は進む…とはいえ、著者はジャーナリストとしても知られ、作中にはワルシャ
の都市改造、衛生や貧困などの社会問題、ユダヤ人のこと、伝統と近代化、男女
等、宗教論、科学論、文明論、比較文化論といったさまざまな議論が、そして
様な登場人物が繰り広げるパノラマに目も眩まんばかり。日本語訳で25ヶ国目、
ーランドでは国民的文学でもあり、世界の名作『人形』がついに日本へ。

1248頁 6000円
978-4-89642-707-3

0世紀前半 ロシア

ドクトル・ジヴァゴ

ボリース・パステルナーク著
工藤正廣訳

れで神から遺言された義務を果たし得たのです》
5年鉄道スト、1917年二月革命に始まる労働者蜂起、ボリシェヴィキ
権、スターリン独裁、大粛清――激動のロシア革命期を知識人として奇
的に生き抜き、ロシア大地と人々各々の生活を描き切った、何度でも読
くなる傑作スペクタクル！

A5判 752頁 8000円
978-4-89642-403-4

哲学的思考方法を身につける

現代の古典カント

ヘルベルト・シュネーデルバッハ著／長倉誠一訳

私は何を知ることができるか／２私は何を為すべきか／３私は何を希望
することが許されるのか／４人間とは何か。カントはなぜこのような発想
得たか、彼の死後、現在に至るまでどう受容されてきたか、綿密かつ詳
細かつ明晰な思索と説明に同伴するとはじめの４つの問いへの応答が明ら
かになる。申し分ない稀有なカント哲学の入門的決定版！

256頁 3000円
978-4-89642-713-4

子どものためのカント

ジロモ・フリートレンダー著／長倉誠一訳

本書では、カントが使った専門用語はほとんど使われていない。たとえば、
「超越論的」という形容詞は全く登場しない。「カテゴリー」も「統覚」も
ない。だがカント哲学への導入としては過不足のない立派なものである。
……具体的に全体のイメージまで提示している。（「訳者あとがき」より）

176頁 1800円
978-4-89642-228-3

単独者と憂愁 キルケゴールの思想

セーレン・オービュイ・キルケゴール著／飯島宗享編・訳・解説

先行する解説と、主要著作からの絶妙な引用によってキルケゴール思想の
全体像が明らかになる。自身の言葉によって構成される彼の哲学の分かり
易い要約であり、実存思想の本質を端的に学びたい初学者にも最適。

272頁 2500円
978-4-89642-392-1

実存思想

飯島宗享著

日々の経験のなかで決して〈わたし〉を手放さず、果たして人間とは何だ
ろうかと考える、実存思想のエッセンス。キルケゴールに寄り添い考え続
けた日本人哲学者の名著（『論考・人間になること』三一書房、1983）旧
稿「主体性としての実存思想」を加えて復刊。

240頁 2500円
978-4-89642-691-5

ました。

　初めて、私を自分の作品に対する批判に駆り立ててくれたのは、とても好意的で、私が判断するところ、とても誠実なスヴォーリン氏の手紙でした。私はちょうど何かきちんとしたものを書こうとしていたところでした。それでもやはり、現実に、自分の才能を信じていませんでした。

　ところが、この度、突然、あなたのお手紙を頂戴しました。失礼な例えをお許しいただけるなら、お手紙は〝二十四時間以内にこの町を退去せよ！〟という政府の命令のように私を揺さぶりました。つまり、私は突然、自分が埋没しているこの場所から急いで立ち去ることが絶対に必要だと感じたのです。……

　やっつけ仕事はやめましょう、でも直ちにとはまいりません。今いる旧習から脱け出すことは、私には不可能です。ひもじさに耐えることは拒みません。既に耐えてきたのですから。しかし、それは私の問題ではなく……私は文学のために余暇をなげうちます。一日に二、三時間、夜に少し、これでは僅かな仕事しかできません。

　夏、もっと自由に使える時間がある時、真剣に仕事に打ち込みます。

　実名で本を出すのは不可能です。時既に遅く――装丁は用意され、本は印刷されています。あなたの前にも多くのペテルブルグの人たちがペンネームを使ってこの本の値打ちを損なうのは止めるように忠告してくれました。しかし、私は耳を貸しませんでした。おそらく自尊心がそうさせたのです。私は自分の本が気に入りません。これでは酢と油と塩で作ったフレンチドレッシングです。つまらぬ若書きのごちゃごちゃした寄せ集めです。検閲とユーモア雑誌の編集者たちに羽根を抜かれてしまいました！　読んだら多くの人たちが失望すると思います。あなたが追いかけて読んでくださっていると知っていたら、この本は出さずにおいたでしょう。

希望は全て未来にあります。私はまだ二十六歳です。時の経つのは速いとはいえ、私が何かをなせる時が来るかもしれません。

かかる長文をお許しください。そして、人生で初めて、厚かましくもグリゴローヴィチ様へ手紙を書くという大きな喜びを自分に与えた男を、お咎《とが》めなさいませぬよう。

＊1　ドミートリー・グリゴローヴィチ　一八二二〜一九〇〇　当時ロシア有数の著名作家。「村」など農民の生活を写実的に描いた作品で知られる。
＊2　ヴィクトール・ブレーニン　一八四一〜一九二六　ロシアの文芸批評家・劇評家。『新時代』を拠点に、ポレミックな批評活動を展開。
＊3　一八八六年　チェーホフ名で『新時代』に発表された短篇。
＊4　一八八五年　チェーホンテ名で『ペテルブルグ新聞』に発表された短篇。

17

何週間か前、『新時代』の編集長、スヴォーリンからチェーホフに短篇の要望が寄せられていた。まだ栄光とはいかずとも、彼に射しこんだ初めて光だった。『新時代』はサンクト・ペテルベルグ最大の雑誌だった。確かにアントンは鼻が高く、嬉しかった。だがグリゴローヴィチの手紙を読んで感じた思いは、それとは比較にならなかった。謙虚な彼は、鋭敏な批評精神を持ち合わせていたが、文学の先達たちには羨望ではなく、大きな敬意を抱いていた。作品を厳しく批評する用意はあったとしても、人物は進んで高く評価した。その道のヴェテランから無名の若い自分に向けられた挨拶に心を動かされた。だがグリゴローヴィチの手紙は彼を感動させたり、喜ばせたり、或いは第一歩の地ならしをする以上の働きをした――彼自身に隠されていた自分を明らかにしたのだ。

これまで彼は何者だったか？　善意に溢れた息子で、最善を尽くして働き、僅かな金を得るのが無邪気に嬉しかった。一八八五年、タガンローグの年老いたミトロファン叔父さんに宛てた素敵な手紙で、アントンは満足そうにチェーホフ一家が得た社会的、物質的な輝かしい成果を語っている。（ミトロファンは一家の金持ちの親戚であり、一家は窮乏するとしばしばこの叔父を頼り、甥はむしろそれを自慢にしていたことを、忘れてはならない）

〝……私の医業は順調です。手当して、治して……まだ当然、財産はありませんし、直ぐにできるものでもないでしょう。しかし、充分やっていけますし、何の不足もありません。私が元気で健康でいる限り、家族の状況は安泰です。新しい家具、いいピアノを買いました。家政婦は二人います。歌ったり奏でたりの音楽の夕べを開きます……しばらく前は食品（肉や乾物）をつけで買っていましたが、今はきっちり始末して、現金で払っています〟（一八八五年一月三十一日、モスクワにて）

そして、ここに来て全てが変わった。ただ正直で、勇敢で、勤勉なだけでは、彼には不充分だった。才能という重荷がアントンの肩にのしかかった。おそらく少年時代からそれを担っていたが、彼は初めてそれを意識した。間もなく登場した彼の小著、「雑話集」は、単なる娯楽や生活手段ではなく、一般読者、批評家、遂には彼自身に対して真剣で重い責任を引き受けるものだった。無名作家として眠っていた彼が、有名作家として目覚めた。そんなことが想像できただろうか？　高い評判、同輩たちの羨望、読者の讃嘆と日常の現実の間の不釣り合いを、彼は滑稽で苦々しいと思わずにはいられなかった。〝ポケットに四ルーブルある。それが全部さ……また鼻血が出たよ〟（チェーホフから友人ビリービン[*1]への手紙、一八八六年三月四日、モスクワにて）

だがそんなことは何でもなかった。これまで、彼は自由だった。好きなことを好きなように書いてきた。これ以降、読者は彼に一つの姿勢を期待した。ロシアに充分な師はいなかったか？　もう一人が必要だった。改めて、この柔順な未開の大国は、いかに生き、いかに考えるか、誰かが教えてくれることを願っていた。そして駆け出しの作家が従うべき政治的党派は？　右か左か、反動かリベラルか、方向を決める必要があった。初めの一歩が全将来に関わった。彼は既にスヴォーリンに属していることで非難されていた。（『新時代』は左派の人々に忌み嫌われていた。政府が承認し、時にはツァーリが読んでいるこんな雑誌にどうして書けるんだ？）そんな要求はうんざりだ、とアントンは思った。それに下劣じゃないか。そう、グリゴローヴィチの手紙は、自分自身で、固有の心で読むことを教えてくれた。これまで、彼はあらゆる暴力がどこまで自分に嫌悪を催させるか、それがどこから来るのか、全く知らずにいた。子どもの頃から、内なる自由、自身の尊厳を守りたいと望んできた。拳骨、悲惨な暮らし、馬鹿げた労働にも拘《かかわ》らず、彼はそれに成功してきた。こんなに不思議な、こんなに思いがけない形で手にした幸運、それが彼を屈服させるだろうか？　否、断じて！

とは言え、彼は人々が自分に寄せる期待に答える必要があった。この時、人々は何を望んでいたか？　彼が真剣であること、長く深刻な物語を書くこと、一行一行が教えであること。

取り急ぎ、彼は短篇に手を加えた。殆どそれと気づかず、確かに思いも寄らず、彼は既に代表作のいくつかを書いていた。（「アルビオンの娘」一八八三、「魔女」一八八六、「お抱え猟師」一八八五）中篇小説の成功には、チェーホフの天賦の資質が求められる。——ユーモアの才能——悲劇的な長篇は壮大な宿命を印象づけ、悲しく重苦しすぎる短篇は打ちのめし、げんなりさせる。——慎み——長篇作家は自分自身を語ることができる。（時に語らねばならない）中篇作家はそれができない。時間は測られ、作家は自分の複雑さ、豊かさを表に出せない。彼にとって最も賢明なのは自分自身と距離を取ることだ。——最後に、能力の節約、おそらくそれは慎みの直接の結果である。ここでは彼のルポ経験が役に立った。見てすぐに書く、それがジャーナリズムの掟《おきて》であり、この掟がチェーホフのヴィジョンを研ぎ澄まし、彼の精神に奇跡に近い俊敏さを授けていた。もう彼の物語は、後に非難される明らかな冷たさ、超然とした態度に貫かれていた。それもジャンルの掟だった。中篇作者が登場人物を憐れんだりすれば、センチメンタルで馬鹿げたものになりかねない。また彼には書く人物に愛着を抱く暇《いとま》がないのかも知れない。長篇小説では、読者は一定の環境に入り込み、そこに身を浸し、それを愛するか、憎むかである。だが中篇小説は、知らない屋敷の、瞬間開いて直ぐまた閉じる半開きの扉である。医師、チェーホフを思わずにはいられない。彼が私たちに与えるのは、ジャーナリストの経験以上に医師の経験——弱さも、病的な憐れみもなく、しかし深い思いやりがこもった正確な診断なのだ。

チェーホフはゲラ刷りを校正し、他人の作品を読むように自分の中篇を読み直した。その大部分が大急ぎで、時にはぞんざいに横柄に書かれていた。不思議な深い作用が彼の中で働いた。彼は作家が、そしておそらく大方の人間が普通に歩むのと反対の道を歩んだ。自分から他所に行くのではなく、自分自身に到達するために外の世界から出発したのだ。何者だったろう、彼、チェーホフは？　後に、批評家や伝記作家は、一八八六年から一八八九年の間に、彼は変貌し、別の人間、別の作家になったと指摘するだろう。現実に、彼は変わらなかった。自分を知っただけなのだ。自分自身を知ること、この至上の知には、あらゆる知が魂に及ぼす通常の効果がある――魂をさらに落ち着かせ、さらに悲しくさせる。外から見て、彼は同じままだった。家族や友人にとって、相変わらず快活で、素敵で、率直で、感じのいいアントーシャであり、とても世話好きで、周囲を嬉しそうに眺め、兄弟を大切にし、娘たちに言い寄った。内側では〝有名作家たることは、格別幸せではありません。先ず、人生はうっとうしい。朝から晩まで働いて、結果は僅かなものです。ゾラやシチェドリン[*2]の暮らしぶりは知りませんが、我が家ときたら煙だらけで寒くて……〟（マリア・キセリョーワへの手紙、一八八六年九月二十一日、モスクワにて）

〝誰もが悲しく生きています。真面目な話、私には死を恐れる人たちに理があるとは思えません。ものごとのあり様を理解する限り、人生は単に折り重なり、うち続く、恐れと悩みと凡庸さでできています……〟（同、一八八六年九月二十九日、モスクワにて）

とはいえ、栄光の小さな面に魅力がない訳ではなかった。彼に言わせれば、人々が彼を指さしたり、ちょっとご機嫌をとったり、サンドイッチを差し出すことさえ始まった。それにアントーシャの成功を手放しで喜んでいる家族がいた。タガンローグのミトロファン叔父さんに手紙を書きながら、彼は確かに歓びを感じていた。

〝……クリスマス前に、ペテルブルグのジャーナリストがモスクワに来て、私をペテルブルグに連れて行きました。ジャーナリストが高い切符代を払ってくれて、急行の一等席で旅をしました。ペテルブルグではその後二か月間、讃辞に酔って頭がくらくらするほどの歓待を受けました。あちらには素晴らしい住まい、二頭の馬、極上の食事、全ての劇場に入れるチケットが用意されていました。人生でペテルブルグ以上の暮らしをついぞしたことがありません。褒め称えられ、これ以上ない歓待を受け、その上三百ルーブルもらって、一等席で家に送り返された次第です〟

＊1　ヴィクトール・ビリービン　一八五九〜一九〇八　十九世紀ロシアの風刺、ユーモア作家。チェーホフと親しく、一八八五年以降十五年に渡って書簡を交す。
＊2　前出、ミハイル・サルティコフ・シチェドリン

18

美しい細面《ほそおもて》、窪んだ頬、濃い髪の毛、まだ殆ど目立たない薄いあごひげ、深刻で悩まし気な口元の皺、鋭く、優しく、同時に深みのある素晴らしい眼差し、控え目で、少女のような雰囲気（トルストイは何年か後、チェーホフのことを〝彼はお嬢さんのように歩く〟と語った）――これが名を上げた年、一八八六年頃のアントン・チェーホフだった。二十六歳。彼の生きた時代にあって、それは男が成熟に近づく年齢だった。十九世紀のロシアでは、人は三十歳で人生の真ん中にさしかかり、四十歳

ではほぼ老人だった。チェーホフは自分が青春の最中《さなか》、成長の最中にいると思わなかった。もう過去を振り返っていた。そして過去は彼に不快を、殆ど恥辱を感じさせた。

〝農奴の孫、しがない雑貨店の若造は、称号だの、司祭たちの手にする接吻だのをありがたがり、人様《ひとさま》の考えにぺこぺこする中で育ちました。パンの一切れ一切れに感謝し、しょっちゅう鞭で打たれ……動物を虐め、金持ちの親戚の夕食は喜んでいただき……〟これが何年か後に彼が記した自画像である。手厳しく、おそらくは不当な肖像。しかし真実として残るのは、彼の向上への欲望、自分の精神、作品、魂の上でやり遂げ、その死まで休みなく続いた、ゆるやかで持続的な営《いとな》みである。読者、批評家の願望にも拘《かかわ》らず、チェーホフの作品は何も教えない。彼は、トルストイのように、〝このように行動せよ、それしかない〟と本心から言うことが決してできなかった。時折、周囲が促すので、そんな言い方をしようとはした。だが言葉は嘘に響いた。その代り、彼の手紙、その人生は、まっとうで、繊細で、善良に生まれついた一人の男が、より善良に、より優しく、より人の役に立ち、より親切に、より忍耐強く、より明敏になろうとして絶えず努力する見事な姿を私たちの前に立たせる。少しずつ、それはまた特異な結果に辿り着いた――人に思いやりを示せば示すほど、心の奥底で、彼はそれを感じなくなった。彼を親しく知った誰もが、彼の中の変質しない水晶のような冷たさを語っている。クープリン[*1]が彼について書いている。〝彼の第一印象には殆どいつも、一種の嫌悪、冷たさ、敵意の毒が混じっていた……彼は愛さずに善良で、寛大に、愛着なしに優しく、親切になることができた〟

チェーホフは誰かと知り合うと直ぐに、自宅に招き、食事を振舞い、世話を焼いた。それから、冷たくうんざりしたような思いをこめてそれを手紙に書いた。

少ししか愛せなかったのは、彼が知的で明晰過ぎたためか？　彼の心と人生の中にある不調和が、関心のない人間に自分の方から過剰に身を捧げ、その後、すぐさま我に返らせたのか？　単に無理やり謹しんで、本心を隠したのか？　最も慧眼で鋭敏な批評家の一人、ブーニン[*2]が、チェーホフについて、おそらく最も決定的な言葉を発している。

〝彼の魂の奥底で起こっていること、彼に最も親しい者たちの誰一人として、決してそれを完全には知らなかった〟

そしてチェーホフ自身、私的ノートに記している。〝墓に一人で横たわるように、結局、私は一人で生きている〟一人……しかし、彼には数多い家族、たくさんの友人、読者がいた。この年、一八八六年以降、彼は増々素晴らしい讃美者たちに囲まれた。チャイコフスキー、グリゴローヴィチ、コロレンコ[*3]、さらに他にも……最高の著名人、最高の知性がチェーホフ一家が住むモスクワの家を訪れた。それは〝たんすみたいな〟二階建ての館で、ロシアふうに、風車小屋のように、両扉がいつも開かれていた。「アントンは社交好き」両親はそう言った。「アントンは騒《ざわ》めきや会話や笑いの中にいないと楽しくないんだ」兄弟たちも断言した。果たして本当にそうだったか？　〝私には周囲に人が必要だ。一人でいると、どういうわけか、怖くなるから〟彼はそう告白している。

家族は人の熱気と騒めきを彼のそばで維持する役目を負っていた。アントンが機嫌よくしているためにはそれが必要、と彼らは思っていた。家族は素敵な面々が揃っていた――勿論、粗野で、無知で、乱暴な父、何かといえばめそめそする習慣を失わない母、絶えず金をせびり、泣き言をこぼして家族を閉口させる兄のアレクサンドル、堕落した生活を送るニコライ、アントンを図々しく、せせこましく、ややこしく、ヒステリックに愛すマリア――しかし、つまりは、素敵な面々だった。誰も人に気を遣《つか》わなかった。歌いたい者は歌った。長々と心中を打ち明けたい者はそうした。彼らは高名な芸術家の仕事を、何年か前の名もない学生の勉強以上には尊重しなかった。

そしてチェーホフは〝ご厚意で、二十五ルーブル前借を〟と頼みながら、書き続けた。

若い頃急いで書いた下手な長話を除けば、彼は生涯で初めて、短い中篇の形式を棄て、長篇形式にアプローチした。「曠野《ステップ》」は一八八七年から八八年にかけて執筆された。

彼は人々がじっと自分に注目しているという思いに戸惑い、慄《おのの》きながらこの作品を書いた。

〝重要な雑誌（「曠野」は『北方報知』に掲載された。この文芸誌はロシアでは、読者や作者に対して絶大な威信を持っていた）のために書き、私の無駄話に必要以上に真剣な目が向けられると思うと、悪魔に肘でつつかれる修道士のように、私にはこたえます。私はステップの話を書いています。書きながら、そこに干し草の匂いがしないと感じています〟（シチェグロフ[*4]への手紙、一八八七年一月一日、モスクワにて）

長くすることが彼にはやはり難しかった。何年もの間、中篇ばかり求められてきた――何が何でも簡潔に、軽く。心ならずも、彼は「曠野」を多くの中篇で組み立てた。そこではそれぞれのページが一つとして完結し、物語全体が部分と断片でできているようだ。しかし彼は非常に賢明にも、とても単純なテーマを選んだ。筋書はなく、主人公は子どもである――子どもの視覚は、断片的で素早い。その感覚を次々に瞬時に捉え、一つの支配的な思考に結びつけない。そうして、「曠野」は統一と真実を守った。

主人公は幼い少年、エゴルーシカ、自分の村、南ロシアの打ち捨てられた小さな集落を一度も離れたことがない。彼は九歳になろうとしている。学校に行く年である。彼は町へ、大きな港（タガンローグ）へ出発する。着くまではステップを横切り、昼も夜も続く遠出である。そんなふうに、子どもだったアントン・チェーホフはタガンローグからお祖父さんの家に行った。そんなふうに、後年、若者になった彼は、徒歩で、馬で、牛のひく荷車で、仲間と、農民と、商人と、巡礼と一緒に平原を踏破した。エゴルーシカは嵐が巻き起こるのを見る。怖い、疲れた、寒い。生まれて初めて草の中に身を横たえる。彼は幸せである。何もかもに興味がある。旅の道連れたちの会話を聞く。半分しか分からない、夢を見る。彼は賢く、思慮深く、ちょっと悲しい子どもである。チェーホフは決してそういう風にしか描かない。彼が書く子どもたちは皆、自分の殻に閉じこもり、悲しみを抱えている。エゴルーシカは夜、旅籠で、かつてのアントンのように病気になる。〝ウクライナの農民、牛、禿鷹、白い家畜小屋、南部地方の小川〟、アントンが知り、愛した全てがこの物語の中にある。

幼少期が不幸だった作家にとって、その過去からポエジーの源泉を噴出させるのは大いなる恩恵である。「曠野」を書いた年、チェーホフはタガンローグを訪れた。七年そこに帰っていなかった。〝泥濘《ぬかるみ》とチフスのモスクワさえ快適に思えるほど汚らしい〟だがステップは！……〝陽に焼かれた、褐色と緑の丘、遠くのリラ……それはステップの匂いがする。古い友だちの禿鷹が見えるぞ〟（一八八七年妹への手紙）ゴーリキーは後に、この物語の一ページ一ページにきれいな真珠が刺繍されているようだ、と語る。チェーホフは成功を収めた。だが彼の人生では、いつでも運が蜂蜜に苦みを混ぜてくれた。「曠野」が登場した丁度その時、モスクワでは、チェーホフの最初の戯曲「イワーノフ」が最高に華々しく、最高にいわれのない失敗の憂き目にあっていた。

＊1　アレクサンドル・クープリン　一八七〇～一九三八　ロシアの作家。「決闘」等の小説で知られる。チェーホフと親しく、書簡多数。
＊2　イヴァン・ブーニン　一八七〇～一九五三　ロシアの作家・批評家　短篇「暗い並木道」他　一九三三年ロシア人作家として初めてノーベル文学賞を受賞。
＊3　ウラジミール・コロレンコ　一八五三～一九二一　ロシアの短篇小説家・ジャーナリスト。「樺太脱獄記」は森鷗外がドイツ語から重訳し「諸国物語」に収められている。
＊4　イヴァン・シチェグロフ　一八五三～一九一一　ロシアの戯曲家、小説家。代表作「別荘の夫」は英訳されている。

19

モスクワ、コルシ座の支配人がチェーホフに一篇の戯曲を注文していた。喜劇が所望だった。（大方の読者の間で、チェーホフの名前は何より先に滑稽話の書き手を意味していた。一八八八～八九年以降彼のものとなった穏やかでシリアスな作風に人々はまだ慣れていなかった）ところがチェーホフは言わば全くの別物、「イワーノフ」を書いた。彼は語っている。〝現代の劇作家たちは作品に天使、怪物、道化ばかりを詰めこみます。だから私は独自でありたかった。一人の悪党も、一人の天使も創らず……誰も非難せず、誰を無罪ともしませんでした……〟

ロシアの教訓癖、啓蒙癖は芝居にも及んでいた。人々は良心的で、献身的で、活動的で、誠実な登場人物に喝采を送りたがった。ロシアのブルジョワは自由、人間の尊厳、民衆の幸福に関する高尚なお話を聞くことに極度の満足を見出した。それで良心の借りを返し、無為安逸、利己的無関心、しみったれた利益の中で望み通りの暮らしを続けられた。権力を嘲笑し、政府を怒らせる自分まで想像し、そこから大いに無邪気な歓びを引き出した。芝居の観客は決して真実を愛さず、若きチェーホフが彼らに見せようと企《くわだ》てたのは真実だった。

イワーノフは不幸な結婚をした。人種も住む世界も違う女を妻にした。ヒーローになって、孤軍奮闘することを望んだ。ひ弱な気質、凡庸な魂が許す以上に、寛大で誠実になり、エゴイストでなくなろうと努めた。五年経った。彼はもう妻を愛していない。彼女は肺病にかかり、死に瀕している。それを知った彼は〝愛も憐れみも感じないでなんだかむなしさと疲れ〟をおぼえる。彼は彼女を棄て、欺《あざむ》き、嘲《あざけ》る。彼は不幸なサラの死に責任がある。人々は彼を忌み嫌い、軽蔑する。彼は、しかし、意地の悪い人間ではない。真心がある。他人も、自分も不幸にしてしまう、だが……もし彼に罪があっても、彼には何故だか分からない。イワーノフのような人間は問題を解決できず、その重さに潰《つぶ》されてしまう……

アレクサンドル・チェーホフの弟アントンに宛てた手紙が刊行されて以来、イワーノフの人間像はアレクサンドルに少し似ていると思わざるを得ない。手紙では彼の異様な苦しみに満ちた経歴が私たちに語られる。アレクサンドルは才能溢れる、頭のいい少年だった。青春末期の彼が、アントンの目に絶大な威光を放っていたことは疑いない。彼には魂も精神もあった。そしてどうなったか？　彼の人生は馬鹿げた関係から始まっていた。これほどごたごたした悲しい家庭は考えられなかった。アレクサンドルは一文無しだった。気がつけば家族を抱え、自分の子どもたちと妻の連れ子を養わねばならなかった。彼は二回結婚した。二回とも、結びつきに愛も理性もあったものではなく、気前良さ、思い違い、それに性格の弱さが入り混じった奇妙な感情だけが場所を占めていた。二回とも彼は酔いどれで、借金まみれのひどい夫だった。自分が〝救ってやった〟不幸な女たち、彼は彼女たちに我慢ならなかった。それでも、アレクサンドルは同情に値した。アントンは彼を厳しく批判したが、心ならずも彼に同情した。イワーノフの有名な独白〝けっしてユダヤ女とも、精神病者とも、ブルーストッキングとも結婚しちゃいけない……ひとりぼっちで何千人も相手にして闘ったり、風車に戦いをいどんだり、壁に額《ひたい》をぶつけたりしてはいけない〟（「イワーノフ」松下裕訳）には、兄に向けたアントンの忠告——節度、慎重、自制、協調を促す忠告がこだましている。

しかし「イワーノフ」が意味を持つのは、この主人公が自分の中に民族と時代の多くの特性を持ち合わせているからだ。彼の欠点、不幸はロシア的である。〝ロシアの闘争性には独特の性格がありますーー直ぐ疲れに変わってしまうのです。やっと学校を出るくらいの熱血漢が、力に余る重荷を持ち上げたがる……ところが三十、三十五になるやならずで、疲れと倦怠を感じ始めるのです……〟（スヴォーリンへの手紙、一八八八年十二月三十日）

確かに、彼はアレクサンドルのことを考えていた。それに本物の才能を持ちながら、無茶な生活でそれを破壊してしまったニコライのことも考えていた。（ニコライは娼婦と暮らし、やはり酒を飲み、結核で死んだ）舞台では、イワーノフが自殺する。人生では、ニコライが三十一歳で死ぬ。アレクサンドルは生き延びる。スヴォーリンの会社のしがない雇われ人になって、身を立て直すが、幸福とは絶えて無縁だ。精神の衰え、異常なけちくささ、ありとあらゆる挫折、ぎすぎすした不平不満は早すぎる死よりさらに悲劇的かもしれなかった。そしてイワーノフの台詞を聞いた多くの者たちが、彼の中に自分自身を認めたに違いない。（主人公にフランスのデュランのような、ロシアで一番ありふれた姓をつけて、チェーホフがその普遍的性格にしっかり注意を惹きつけようとしたことを忘れまい）

当然、観客の反応は強烈だった。それは失敗以上――あるいは以下――のスキャンダルだった。チェーホフの家族たちはボックス席で震えながら待機していた。作者自身は、舞台裏で、囚人の独房のような小さな楽屋の奥に身を潜めていた。俳優たちの演技はまずかった。彼らは四回しか稽古していなかった。アントンの妹は半分気絶していた。「僕は落ち着いていたよ」チェーホフはそう言った。その冷静さは鉄道の惨事につかまったが、怪我もなく、周囲で起こることを眺めながら、ぼおっとしている男のようだった。動顛した俳優たちは降りた幕の後ろで十字を切り、メーキャップした唇で無益な励ましと、最後の――空しい――助言を呟いていた。

最初の三幕は受けが良かった。だがその後が！　この道三十二年のプロンプター*でさえ、こんな騒動は見たことがなかった。〝怒鳴るは、叫ぶは、拍手喝采するは、口笛を吹くは。ビュッフェではあわや取っ組み合いになりそうでした。一番後ろの席では、学生たちが誰かをぶん投げようとして、警官がその内二人を外につまみ出しました〟（アレクサンドルへの手紙、一八八七年十一月二十四日、モスクワ）

この最後の状況は作者をいささか慰めた。だが彼が芝居の成功にいくらか幻想を持ち続けても、翌日の新聞の批評が錯覚を覚らせた。〝チェーホフ氏に決して偉大な善行を期待してはいなかった。それにしても、大学教育を受けた若者に、かくも無礼千万で冷笑的な代物を観客に見せつける度胸があろうとは想像だにしなかった〝何たる不道徳な作品か！〟〝こんな無駄話を静かに聞いていられた観客は、なんとふぬけて白けていたか！〟

批評はいつでもチェーホフに対して辛辣だった。駆け出しの頃から、いつか酔っぱらってポーチの下で死ぬと予言され、ひどく傷ついた。「イワーノフ」について言われたことは不愉快だったが、以前の攻撃ほどこたえなかった。結局、彼の仕事は短篇を書くことで、芝居でやることは何もなかった。

それに続く物語は全て好評を以て迎えられた。「ともしび」、「名の日の祝い」、「発作」等。一八八八年に文学賞（プーシキン賞）を受賞した。彼はこの時代の文学生活にあって、大きな場所を占め始めていた。中篇作品は若い頃の作品よりシリアスな語り口になっていた。友人たちはこぞってそれを称讃した。ようやく、ようやく、作家の役割がどこまで重要か、何がその使命か、悲劇的な運命を持つロシアのような国で、創作の全てがどれだけ重大な結果を招くか分かったな。トルストイの影響を受けた？　そいつぁ良かった。もう作品に笑いを持ち込まない？　なんと素晴らしい！　文学の成功という観点からすれば、笑いより泣きの方がずっと値打ちがあった。だがチェーホフの中には並外れた内なる自由、俊敏で、捕え難く、矛盾して、生き生きとした何かがあり、それを服従させることは、誰にも決してできなかった。彼自身それを自覚し、語っている。〝あんまり陽気な、あるいはあんまり深刻な顔をすると、いつも人をだましているような気がします〟

友人のために身を粉にする世話好きのチェーホフは、こっそり、彼らを追い払った。気さくで率直な性格のチェーホフは、秘密を守り、長い間慈《いつく》しんで打ち込んだ長篇を誰にも一行も読ませぬまま破棄することができた。ロシア中が真剣であれと懇願する内気で慎ましいチェーホフは、その意見を聞き、黙って、ヴォードヴィル――「熊」を書いた。

〝もし私がヴォードヴィルを書くと彼らが知ったら、どんなに非難轟々か!〟

戯曲「イワーノフ」は大騒動に陥ったが、同じコルシ座の舞台でヴォードヴィルは成功を収めた。物質的に、その成功は、チェーホフが人生で初めて、お金の心配をせずに、休息の数か月、ほぼ一年を過ごせたほどだった。

＊ 舞台のソデにいて演技中の俳優に台詞を教える人

20

しばらく後、彼にペテルブルグで「イワーノフ」を上演したいという要望が寄せられた。どういう風の吹き回しか、観客は豹変し、前年失墜した作品は熱狂的に迎えられた。

一八八九年二月十七日 〝我が「イワーノフ」は驚くべき大成功を収め続けています。ペテルベルグには今を時めく二人の花形がいます――セミグラッキーの裸のピュリネ[*1]、それに服を着たこの私です〟

芝居の成功には陶然とさせる何かがあった。チェーホフは楽屋裏の雰囲気が好きになり始めた。復活祭の夜、彼は夜っぴて酔った俳優たちと過ごした。彼自身も飲んだ。何日か経って（一八八九年三月五日）、ジプシーの家に行ったと記している。人生初めてと見えて、彼は度肝をぬかれてしまった。〝彼女たちは見事に歌います。あの野獣たちは……その歌はまるで強烈な嵐の間、丘の天辺から降りて来る列車の大音響のようです……〟

夏の初めに一家は以前通り、揃って田舎に発った。チェーホフは滅多に家族と離れることがなかった。彼に言わせれば、瘤《こぶ》か、荷物のように彼らに慣れていた。だがお荷物は高くついた。彼らを皆養うために、彼は書きに書かなければならなかった。そんな中で、スヴォーリンはアレクサンドルに言った。

「なんで君の弟はあんなに書くんだ？　あれじゃあひどく体にさわるぞ」

そして長い白髪で、口髭と銀色のあごひげを蓄え、年取った子どものように無邪気で楽し気で、汚れなく高尚な雰囲気を漂わせるグリゴローヴィチは、（年のいった知識人たちは進んでこんな純真な表情を見せた）天に腕を差し上げた。「彼があんなに書くのを禁じたまえ！　金を稼ぐため？　昔、わしらは金のためには書かなかったもんだぞ！」

素敵なグリゴローヴィチ！　チェーホフは彼がとても好きだったが、かつてほど崇拝してはいなかった。苦笑して、言わせておいた。「父さんと母さんは食わねばならんのです」

彼は不平も言わず、家族を引き連れて行った。三年続けて、チェーホフ一家はバブキノで過ごしていた。今度はウクライナの小さな家を借りた——一夏百ルーブル。深い大河のほとりの、古びた公園に建ったあずまやだった。お祭りの日、ウクライナの農民たちは船で河を下り、ヴァイオリンを弾いた。領主一家は大きなお屋敷に住んでいた。母親は親切で教養のある老婦人でショーペンハウエルを読み、チェーホフを尊敬していた。年上の娘は目が見えなかった。脳腫瘍に苦しみ、自分の死が間近で確かなことを知っていた。

〝私は医者です。じきに死ぬ人たちには慣れています。死を間近にした人たちが目の前で話したり、微笑んだり、泣いたりすると、いつも不思議な気がしたものです。でもここで、テラスの上で盲目の女性が笑ったり、冗談を言ったり、私の本の朗読を聞いたりしているのを見ていると、私が奇妙だと思い始めるのはこの人が死ぬことではありません。それより、私たちが自分の死を思わず、本など書いていることです。まるで決して死ぬはずがないかのように〟

二番目の娘ははにかみやで、優しく、おとなしかった。二人とも医学の勉強を修めていた。三番目はまだ若く、丈夫で、日焼けして、よく笑った。彼女はこの領地に学校を開き、ウクライナの農民の子どもたちにクルイロフ[*2]の寓話を教えていた。さらに息子が二人いて、一人は才能あるピアニストだった。

十九世紀ロシアの地主貴族は、しばしば精神と品性が並外れて純粋で気高く、学識が深く、私利私欲の無い傑物《けつぶつ》を生み出した。彼らは厳格で澄み切った環境の中でしか寛げなかった。山間の住民が非常な高地でないと息がよくできないように。音楽、読書、理想の愛についての充実した深い会話、そうしたものが彼らの生活だった。彼らは自然、芸術を愛した。もてなし好きで、親切で、率直で、善意に溢れていた。周囲では悲惨、罪悪、堕落が荒れ狂っていた。彼らはそれを嘆き、それに苦しんだが、外部の世界をほんのちょっとでも変える力を持たなかった。穏やかな安逸、品のいい諦め、取るに足りぬささやかな仕事――一つの学校や一つの病院を作り、子どもたちを教育をする――の中で嘆息を洩らしながら、より良い時代を待っていた。別の時代がきっと来るはず……素晴らしい志に溢れ、衰えゆく領地で誇り高く生きる、彼らの中にはチェーホフを喜ばせる純粋さ、悲しみ、それに弱さがあった。何よりも、彼は彼らの生活環境を愛した。野生の宏大な庭園、菩提樹の小道、池、とても簡素でとても上品な輪郭を持つ美しい領主館、殆ど家具のない白い部屋、夜になると開けた窓から聞こえてくるヴァイオリンとピアノの音色、黄昏時、階段で交わす長い会話。その全てが都会人チェーホフにとって新鮮で、庶民のままでいる彼にとって感動的だった。ツルゲーネフと同じくらい見事に、彼は地主貴族を描くことができた。そして彼の作品の多くのページにはほとんど預言的な調子が響いている。彼が私たちに描き出すのは没落する社会であり、死を宣告された人々である。しかしなお一層彼を魅了したもの、それは自然だった。

リントワリョーフ家の領地、ハリコフ県スームイ、一八八八年、五月十日

〝河の草地のどこかで、見つけるのが難しく、こちらで「ブーガイ」と呼ばれる不思議な鳥が鳴きます。小屋に閉じ込められた牡牛のように、死人も目を覚ますトランペットのように鳴きます……蚊どもは赤くてえらくたちが悪い。沼や池から熱風が吹き上がります……〟

だが

〝夜の静寂《しじま》の中でどれだけ素晴らしい音楽が聞こえることか、新しい干し草のなんと深い匂い……スマグイーネ（リントワリョーフの遠い親戚）の領地は古く、去年の蜘蛛の巣のように見捨てられ死んで

います。屋敷はめりこんでいます。扉は閉まらず、床板の隙間から桜とスモモの新芽が見えます。私が寝た部屋の窓と鎧戸の間にナイチンゲールが巣を作っています……〟

この時期、チェーホフの生活には多くの女たちとの交情があった。愛らしく真剣な女たちは彼を敬愛し、その誰もがほとんど母性的で、同時に、媚態と苛立ちに満ちた愛情を彼に感じた。作家チェーホフが内なる自由を守ったとしたら、男性チェーホフは？　彼はとても寡黙で、感情を表に出さず、控え目だったので、女たちは彼と一緒にいると、落とし穴だらけの不安定な地面の上にいるように感じた。彼の主人公たちは中途半端に愛するか、愛することから身を引く。そしてチェーホフは彼らにちょっと似ていた。

ウクライナで過ごした最初の夏は快適そのものだった。この年彼が友人たちに書いた手紙は歓び、茶目っ気、それにうきうきした子どもっぽい楽しさに溢れている。八月の初め、彼は何日かクリミアのスヴォーリンの別荘に過ごしに行き、黒海とカスピ海を旅した。彼は陽気で、嬉しそうだった。自分の成功を素直に喜んでいた。

一八八九年は初めからニコライの病気で暗転した。長い間ニコライの健康は家族を不安にさせていた。チェーホフは明白な事実に目を塞ぐことができなかった――兄は結核で死ぬだろう。今、兄は無茶な生活のつけを払っていた。宿なしで、穴のあいた長靴で雪の中を駆けたあの青春、酒と下劣な関係への狂熱。〝画家の具合は悪い。暑い日が続く。牛乳をたくさん飲むが、体温は変わらない。日に日に体重が減っていく。休む間もなく咳き込む。部屋の中に横たわり、三十分ばかり外に出る。しょっちゅう眠っては、眠りの中で錯乱する〟（一八八九年六月四日）最後が迫《せま》っていた。医師、チェーホフは自分自身にもニコライの病気の不安な兆候を改めて見つけていた。一八八六年、彼は二度目の、非常に激しい喀血をしていた。〝冬、秋、春、それに夏の湿気の強い日、私はいつも咳をします。それでも恐怖を感じるのは血を見る時だけです。〟（スヴォーリンへの手紙、一八八八年、十月十四日）それでも彼はお大事に養生して生活を変えようとはしなかった。深い憐れみをこめて死にゆくニコライを見つめた。兄を愛し、大きな才能を認めていた。何より惜しんだのはその失われた才能だった。

六月にアレクサンドルがやって来ると、チェーホフはそれを利用して何日か休みを取ることにした。友人一人と去年あれほど気に入ったスマグイーネの領地に戻り、ナイチンゲールが巣を作り、床板から野生の桜の枝が生える部屋でもう一度寝たかった。ところが今度は全てが違っていた……道中で雨が降り始めた。チェーホフと道連れはスマグイーネの家に着いた。〝夜、ずぶ濡れで、凍えて。私たちは冷たいベッドに就き、氷雨《ひさめ》の音を聞きながら眠りました。私はあのぬかるんだ道、灰色の空、木々の雫《しずく》を一生忘れないでしょう。朝になり農家の子どもがびっしょり濡れた電報を届けに来ました。コーリャが死にました〟

彼はすぐさま帰途についた。町で足止めを食い、午後七時から午前二時まで汽車を待たねばならなかった。仕方なく、チェーホフは寒く、暗く、人気のない街路をさまよい歩いた。市立公園に入り、壁に身を寄せた。それは劇場の壁で俳優たちが演じるのが聞えた。メロドラマの稽古をしていた。何週間か前、彼は勲章（スタニスラス三等勲章）を授かる夢を見た。

「あなたを待っているのは十字架よ、アントーシャ」と母が言った。

全ての庶民の女たち同様、彼女はトランプの吉兆占い、夢判断の心得があった。

「一つの十字架、一つの苦しみ……」

翌日彼は自分の家に戻った。埋葬は少し彼を落ち着かせた。全てが静まり返り、哀れなニコライの兄弟、友人たちが棺《ひつぎ》を村の墓地まで運んだ。〝とても遠くから野原の中の十字架が見えました。彼（ニコライ）はとても安らかにそこに横たわっているように見えました〟

＊1　古代ギリシャの高級娼婦。美貌を謳われ、多くの芸術作品のモチーフとなる。不敬罪を問われた裁判であまりにも美しい裸体を見せたため罪を免れた逸話をもつ。
＊2　イヴァン・クルイロフ　一七六九〜一八四四　ロシアの劇作家・文学者。

21

ニコライの死後、チェーホフの思いはただ一つ――家族と死別の思い出から逃れること。だがそれらは彼につきまとう。そして文学的に、暗く、深刻な関心事が彼を捉えて離さない。何年来、彼はトルストイから強力な影響を受けている。問題は作家、トルストイではなく、教条主義者、万物の根本に死を見たペシミスト、トルストイである。彼は自分の存在理由を理解しようと真摯に、必死に努力し、自己の忘却と不幸な人類への全き献身を説いた。チェーホフの一連の作品――「善良な人々」と「旅中」（一八八六年）、「乞食」（一八八七年）、「ある会合」（一八八七年）、特に一八八九年の「退屈な話」においての、その影響は異様に支配的であり、彼の芸術に最悪の影響を及ぼしている。人生で最初で最後、彼は自分のものではない眼差しで世界を見る。「退屈な話」は「イワン・イリッチの死*」に似ている。だがトルストイがそこで充分に自分の目的に達したのに対し、チェーホフはある部分、自分の目的を欠いていた。イワン・イリッチはある日死に直面する普通の男である。自ら光を当て、彼は流れ去った歳月を見つめ、その無益さと悲劇的な空虚を悟る。愛もなく高貴な思いもなければ、同じように悪しき情熱も熱い欲望も欠いていた彼は、生きているつもりだったが、生きていなかった。人間の条件に戦慄することなくイワン・イリッチの物語を読むことはできない。だがチェーホフはトルストイよりさらに遠くへ行こうとした。彼の主人公は高名で尊敬される教授である。老いが来て、病気になり、死が近づく。自分が大切にした全てが彼には退屈で、偽《いつわ》りで、忌《いま》わしく思われる。かつて優しく愛した妻も娘も冷淡さと嫌悪しか呼び覚まさない。彼はみなしごのカーチャを育てていた。家族の誰よりもお気に入りだった。それは全く父性愛ではなく、確かに刹那的な愛でもなかった。彼はこの娘を幸せにし、生きる援けとなり、真実を教えようと望む。そしてそれができない。彼は目的も、神も、生きる本当の欲望もなしに生きて来た。人間として最も役に立たない存在である。残念ながら、彼は私たちの心に触れない。トルストイは呪いたくなるほど激しく生を、肉体を、恋愛を愛し、祝福した。人はイワン・イリッチを哀れむ。彼が存在するという驚異、ただ一つの冒険を無駄遣いしてしまったからだ。ところが老教授はいつも抽象の中に存在していたように見える。一人の人間ではなく、魂のない一個の機械。彼が死ぬ？　それがどうした！　自業自得さ、と言いたくなる。イワン・イリッチは私たちを慄《おのの》かせ、心を動かす。彼は私たちに似ている。教授は私たちとは他人である。

そう、チェーホフは偉大なるトルストイを何年か模倣する間、何も得るものがなかった。この両作家ほど互いにかけはなれた資質は想像がつかない。トルストイは情熱、崇高な頑固一徹の塊である。チェーホフは懐疑的で、全てに超然としている。一方は炎のように燃え、他方は外部の世界を冷たく静かな光で照らす。

大領主、トルストイは貧者を理想化し、庶民、チェーホフは貧者の粗野、無気力に苦しんだあまり、彼らに対して冷静な憐憫以外のものを感じない。トルストイは優美、豪奢、学術、芸術を侮蔑し、チェーホフはその全てを愛した。トルストイは女たち、性愛を憎んだ。熱い気質、強壮な肉体で、それを断ち切ることは難しかったから。繊細で病気がちのチェーホフには罪の重大さが分からなかった。罪は、結局、彼の気質の奥底まで入りこまなかった。だが、おそらく、二人の間の埋められない深淵は、トルストイが信仰者であり、チェーホフがそうではなかったという事実から生じている。一方には苦悩に満ちた信仰があり、他方には平静な不信仰があった。トルストイは絶望を公言し、チェーホフはオプティミストを自認した。だが、現実に、何年か後、チェーホフが師についてこう語った時、正しかったのは彼である。

「私はあの人が不幸だったとは思わない」

トルストイはチェーホフがおそらく知らなかった幸福を知っていた。チェーホフは常に充溢から拒否されていた。絶えずこの世にはない何かを探し求めた。いつでも歓びや苦しみに完全に身を委ねることを恐れた。まるで違うのがトルストイだった。強靭な体質、鋼鉄の気質は苦しみを十倍にした。だが歓びも十倍にしたのだ。しかし人間、トルストイが愛したものを、作家は他人に許さなかった。人間が自分の魂を見出すためには、土地も、空間も、自由も、人間的愛もいらない、何より、何も欲してはならない、と彼は説いた。そして老いて行く肺病患者のチェーホフ、この世にほんの僅かなものしか持たない彼は、最初はおずおずと、それから激しく抗議した。

〝お前はくたばった獣だ。……神様は人間を創りなすった――生きるためによ。喜びもあり、淋しいこともあり、悲しいこともあるようによ。だがお前は何にも要らねえって言う。つまり生きちゃいねえんだ。石なんだ……〟（「追放されて」一八九二年、神西清訳）

しかし一八八九年、疲れ、意気消沈し、不安で、失望したチェーホフはまだトルストイの教えから解放されていなかった。この時期の物語は彼が書いたものの中で最も弱く、確信を欠いている。

＊　一八八六年、レフ・トルストイの中篇小説

22

兄ニコライが死んだ翌年の夏、チェーホフはサハリン島に旅立つ。周囲の人たちは彼がなんでそんな厳しい未知の旅を企てたのか測りかねた。シベリア鉄道はこの時期存在していなかった。馬車を買い、馬を借り、人跡未踏の大自然、気候が厳しくほとんど人気《ひとけ》のない地方を横断し、一切の慰安なく、寒さと疲労に耐えなければならない。一体なんのために？　呪われた島、徒刑場、世界で最も悲惨な場所、サハリンに。

旅の理由を問われると、チェーホフは答えた。

「半年ばかり、これまでまだ生きたことがないように生きてみたいんだ」

彼はサハリンに二か月留まり、長崎、上海、マニラ、シンガポール、コロンボ、ポート・サイドとコンスタンチノープルを経由してヨーロッパに戻るつもりだった。こうした名前の全てが、タガンローグに生まれ、十年間ウクライナかモスクワ近郊の家族連れの休暇で満足せざるを得なかった男の精神と想像力をどれだけ惹きつけたか！　彼は離れて行く家族にすまないとは思わなかった。何より、この旅と帰還後書く本は有益になり得る、と思われた。誰もがロシアの監獄体制を批判した。だが誰がわざわざそれを探査し、欠陥を追及し、救済策を提案したか？　誰一人。シベリアは、しかし、ロシアの現実の中で最も暗い一つの現実だった。〝トルコ人たちがメッカに行くように、私たちはシベリアに巡礼に行くべきです〟とチェーホフは語った。何百万というロシア人がそこで苦しみ、死んでいた。作家には〝この涙の海、耐えがたい苦痛の場〟に目を閉じ、顔を背けることはできない、と思われた。帰ったら、自分が見たものをごく飾りなく、ごく冷静に語ろう。ひょっとしたら、そのせいで、この非人間的な制度に何らかの改善がもたらされるかもしれない。それに、彼はいつでも変化、新鮮で強烈な印象を好んだ。彼は既に、何の疑いもなく、自分の生命が長くないことを予感していた。少なくともそれは感覚とイメージ豊富でなければ。一八九〇年初夏、彼は旅立った。

道は果てしなく思われた。これほど厄介とは彼も思っていなかった。チュメニからイルクーツクまで酷寒をついて三千ヴェルスタ旅をした。五月になってもまだ雪が降り続いた。悪いことに、河の氷は解けていた。一年のこの時期、河は氾濫して野原を水浸しにした。

〝本当のエジプトの災い[*1]だよ〟チェーホフは書いている。道は水を被って姿を消す。絶えず、馬車を棄て、いつ沈むとも知れぬ小舟に乗らなければならなかった。〝日がな一日岸辺に坐って、雨に打たれ、寒風の中で待ちに待つんだ……〟その間河の上を〝氷の塊が這って行く……水が逆巻く……河は奇妙な音をたてながら流れる、まるで川底で誰かが棺桶に釘を打っているみたいだ〟

　河はチェーホフを大いに悩ませた。

　トムスクからクラノヤルスクまで、もう雪はなかったが、北方のひどいぬかるみに車輪がはまり、車軸が壊れ、馬たちが滑り落ちる。食糧はひどいし僅かだった。〝ロシア人はいやだね。（マリア・チェーホフへの手紙、一八九〇年六月十三日バイカル湖のほとりにて）なんで肉も魚も食べないのか聞くと、運べないとかなんとか説明する……だけどウォッカなら一番辺鄙《へんぴ》な村にだってあるんだぜ、それも嬉しくなるほどふんだんに……肉か魚の方がウォッカより手に入れやすそうなもんだがね。ウォッカの方が高いし、運ぶのも大変じゃないか。違うんだ！　たぶんバイカル湖でわざわざ漁をするより、蒸留酒でも飲んでる方がよっぽど楽しいんだろう〟ベッドで寝られず、体は洗えず、下着も変えられなかった。

　クラノヤルスク以降、冬は終わった。それからチェーホフは暑さ、渇き、埃、それに蚊に悩まされる。しかし〝果てしない森〟タイガは素晴らしかった。どこでそれが尽きるのか誰も知らなかった。何百ヴェルスタが樹木に蔽われていた。時々村にパンを買いに来るサーミ人[*2]がトナカイに繋いだ橇《そり》に乗ってそこを横切った。小道は見えるが、どこに行くのか分からない。ひょっとして秘密のアルコール蒸留所か、脱獄囚の野営地か。あまり広いので現地人が〝海〟と呼ぶバイカル湖の水はトルコ石の青さで、恐ろしく深い水底の岩や山が見えるほど透き通っていた。しかしその他は、〝シベリアの自然は（見たところ）ロシアの自然とあまり変わらない……全てが普通で単調だ〟

とはいえチェーホフは事故なくこんな遠くまで辿り着いたことに一種素直な誇らしさを感じた。とても体調がよく、全部の荷物の中で、ナイフを一丁失くしただけだった。人の話では、失くしたのは毎日旅人が脱走犯に襲われた辺りだった。だがそれは伝説だった。〝以前はそうだった、ずっと昔は……今は拳銃も完全に無用の長物《ちょうぶつ》さ。……試験に通ったみたいだよ〟チェーホフはそう締めくくった。

彼は遂に暗いサハリン島を目の当《ま》たりにする。上官たちはとても丁重に彼を迎える。監獄を訪ね、徒刑囚と話すことも許可される。〝勿論、政治犯とは関わらないという条件で〟それは当り前だった。

チェーホフは島を探索し、徒刑場に入り、じめじめしたあばら家を見る。蚤虱《のみしらみ》がうようよいる壁、鎖に繋がれた囚人たちは板の上に横たわる。彼は丸太小屋に入る。そこでは悲惨と汚辱の中で、元徒刑囚たち、ロシアから来させた売春しか生活手段を持たないその妻たち、子どもたちが一緒に住んでいる。ロシア人、タタール人、ユダヤ人、ポーランド人、あらゆる人種、あらゆる宗教がそこにはある。多くの罪人たち、多くの無実の者たち、狂人ども、ある日、飲むかかっとなって殺すか盗み、もう自分がどんな罪を犯したのかさえ覚えていない酔いどれども。

とうとう、チェーホフは看守たちを知ることになる。ある時は無知な獣であり、時によりサディストだ。普通は善意溢れる素晴らしい人たちだが、もっと悪いことに、同類を救うために何一つできない。チェーホフは処刑、拷問に立ち会う。それぞれの罪状につき、微罪であっても人間たちを鞭で打ち続ける。三十年経たぬ間にあれほど恐るべき収穫を上げることになる狂気、残虐、憎しみ、それに死の種子がシベリアに、サハリン島に大量にばらまかれる。

帰ってからチェーホフが書いた旅の話では、彼が落ち着いて、こうした恐怖の全てを医師の冷静な明晰さで語ろうと努めていることが感じられる。彼は抑制した慎重な言葉で語る。これは島の子どもについて語るくだりである。

〝子どもたちは鎖に繋がれた囚人たちを無関心に目で追う……彼らは兵隊ごっこ、囚人ごっこをする……サハリンの子どもたちは浮浪者、鞭の話をする……死刑執行人が何なのか、子どもたちは知っている……〟

ある日、チェーホフは十歳の男の子一人しかいない丸太小屋に入る。会話が始まる。

〝君の父さんの名前は？　私は尋ねた。

——知らないよ。彼が答えた。

——そりゃまたどうして？　父さんと一緒にいるのに、名前を知らない？　そいつは恥ずかしいな。

——本当の父さんじゃないもん。

——それはどういうこと？　本当の父さんじゃない？

——母さんの男さ。

——母さんは結婚してるの、それともやもめ？

——やもめさ。旦那のせいでここに来たんだ。

——それはどういうこと——旦那のせいでここに来た？

——母さんはそいつを殺したんだ。

——父さんを覚えてるの？

——覚えてないよ。僕は私生児さ〟

年寄も、女も、妊婦さえも鞭で叩かれた。罰は恐ろしかった。だが少しずつ、人はそれに慣れ、懲罰で鍛えられて殆ど苦痛を感じない囚人もいた。その一方、気が触れたり、死ぬ者もいた。チェーホフはいくつかの場面に立ち会い、三晩眠れなかった。彼はその責め苦をできる限り平静に、同情ぬきで描くことで、死刑執行人に対して憤《いきどお》り、牙をむく読者の想像を一層刺激しようとした。だが読者は読んで、ほどほどに慄き、すぐ読んだことを忘れてしまった。

チェーホフは自分の旅、疲労、眠れない夜、その全てが何ら不幸な人類の援けにならなかったと思った。トルストイが望んだように作家が〝奉仕する〟ことは、難しい。チェーホフは決定的にそれを思い知った。これ以降、彼は自分の役割を目撃者にとどめる。〝馬泥棒のことを言うなら、馬を盗むのは悪いと言ったところで無駄さ〟といつも思っていた。今、彼はそれを確信していた。

シベリア旅行中は、体調がいいな、と彼は思った。しかし返りの途上で風邪をひいた。モスクワに着いた時はまだ具合が悪かった。

〝今は咳が出て、絶えず鼻をかんでいます。夜には熱っぽくなるし。養生が必要です〟（シチェグロフへの手紙、一八九〇年十二月十日、モスクワにて）

彼は自分に満足していた——最も大切な念願の一つ、ロシアの外、ヨーロッパから遠くへの旅をやり遂げたのだ。彼は語った。〝私は神に感謝します。この旅を企てる力と手段をお与えくださったことに……私は多くを見て、多くを感じました。全てが私にとって極度に興味深く、新鮮です……〟さらに、〝私は満足し、堪能し、もう何も望まず、中風になろうと、赤痢であの世に送られようと不平は言わぬ、というくらい歓びに浸っています。私は言うことができます、私は生きた！　と。……地獄（サハリン）にも、天国、セイロン島にもいたんですから〟

私たちはこの旅行から素晴らしい物語を得ている。白眉はおそらく「追放されて」（囚人、夜、水辺）と傑作「グーセフ」（海での兵士の死）である。この短篇は多分チェーホフがスヴォーリンへの手紙に記した次の記憶に基づいている。（一八九〇年十二月九日、モスクワにて）〝シンガポールへの渡航中、二つの死骸が海に投げ込まれました。帆布に縫いつけられ、水中でもんどり打つ死人を見て、海底まで多くの場所があることを思い起こすと、怖くなり始めます。自分も死んで、海中に投げこまれたような……〟

日本ではコレラが蔓延しており、チェーホフは寄港できなかった。香港、シンガポール、それにインド経由で帰った。

〝シンガポールはよく覚えていません。そこを通った時、心が沈んでいたのです、どういう訳か。ほとんど泣かんばかりでした。それからセイロンに来ると、こちらは天国でした。この天国で百ヴェルスタ以上鉄道に乗り、棕櫚の森とブロンズの女たちを満喫しました。私に子どもができたら、私はちょっと威張ってその子たちに言うでしょうね。「おい、父さんはな、黒い目をしたインド娘と愛し合ったことがあるんだ……どこでかって？　月が照らす棕櫚《しゅろ》の林の中さ……」〟

〝世界は美しいのです。ただ一つが悪い——私たちです〟

冗談、メランコリー、静かな失意が入り混じるこの調子は正にチェーホフ——物語の中、手紙の中、おそらくまた魂の中で——これこそが忘れがたい彼のトーンなのだ。

彼はもう休んでいられない。今は、長旅の楽しみを知ってしまった。ところが、体調が思わしくない。しかし一八九一年の春、彼は外国へ行く出版人にして友、スヴォーリンに同行した。ウィーン、ヴェニス、フィレンツェ、ローマ、ナポリ、ニースそれにパリを訪れた。ヨーロッパには一度も行ったことがなかった。最初は全てが彼を歓ばせ、魅了した。〝ウィーンの六、七階建ての建物、ブロンズ、磁器、革の珍奇な品々が見つかる大きな商店……美しく、エレガントな女たち……〟〝ヴェニスほど素晴らしい都市を、私は生涯見たことがない。夜、ここに慣れていなければ、死んでしまいそうだ……ゴンドラ……気候は穏やかで、静かで、星が……ロシアは貧しく、惨めだ……ここ、美、富、自由の世界にいればすっかり心を奪われてしまう。永遠にここに留まりたい、教会の中に立ってオルガンを聞いていると、カトリック教徒になりたくなる……泣きたくなるんだ、なにしろどんな片隅でも音楽と素晴らしい歌が聞こえるんだから……〟

ところが、翌日は雨である。〝麗《うるわ》しのヴェネチア〟は〝麗しく〟なくなった。陰気な倦怠が水から吹きつけ、〝太陽のある所へ一刻も早く逃げ出したい〟ローマとフィレンツェでは、美術館に退屈し疲れてしまう。そして郷愁をこめてロシアと〝オートミールを添えたシチー（ロシアのスープ）〟を思う。モンテカルロではスヴォーリンの息子と一緒に負けるはずのない賭けの公算を考え出したが、当然、有り金を全部すってしまう。

〝ああ、どこまで見下げ果てた、忌々しい暮らしだ。このアルティショ（朝鮮アザミ）、椰子、オレンジの花の匂い。僕は贅沢も富も好きだが、ルーレットの贅沢は僕に素晴らしい便所の印象を抱かせる〟

終いには、〝ローマはハリコフ[*3]に似ている。ナポリは汚い〟（マリア・チェーホフへの手紙、一八九一年四月、ナポリにて）

ただし、彼はパリが気に入った。フランス人は〝素晴らしい民族だ〟それでも疲れて、家に戻りたかった。時折、彼は新しい環境、風景を望んだ。女を欲しがるように。だが直ぐに疲れてしまい、また他のもの、他の場所を探した。彼はこの銘の入った小さな宝飾品を身に着けていた――〝孤独な者には世界中が砂漠〟

砂漠、彼は全ゆる意味でそれを踏破していた。ある時はオリエント、またある時はイタリアに憧れ、シンガポールかヴェニスにいた時は、喀血したモスクワを懐かしんだ。彼は年をとった。

＊1　旧約聖書出エジプト記　古代エジプトで奴隷状態にあったイスラエル人を救出するために神がもたらしたとされる十種類の災厄。
＊2　スカンジナビア半島、ロシア北部に居住する先住民族。
＊3　ウクライナ北東部に位置するキエフに次ぐウクライナ第二の大都市。

23

チェーホフは執筆時いつも時間に追われていた。出版社と前もって定めた日に原稿を渡さねばならず、約束にそむくには彼は几帳面過ぎた。何としても、これこれの日に話を仕上げるという義務は辛かった。彼は語っている。

〝……そのせいで、初めはやる気満々で、まるで長篇にとりかかるみたいですが、途中でしょぼしょぼして、弱気になって、それで終わり……花火ですよ〟

作家の人生全体が〝チェーホフ流に〟組み立てられたように見える。あらゆる種類の人間、場面、経験に富んだ少年期と思春期、それから青年期、運命はせわしなく、成功と失敗、数え切れない仕事、病気、旅、肉親の死、最後には恋がごちゃごちゃにそこに詰め込まれる。彼の人生は長く、実り豊かに続くはずだった。しかし全てはまるで誰かがあれほどしょっちゅうチェーホフから聞かされた言葉を言い渡したように過ぎてゆく。「作品はこれこれの日に準備できていなけりゃならんのです……」ページ上に彼はもうこの言葉を書き記す——終わり。

24

ロシアの批評家たちは、チェーホフを喜ばせたい時、彼の中篇をモーパッサンのそれと比較した。モーパッサンは今日不当に貶《おとし》められているが、素晴らしい芸術家である。だが彼の物語が、あまりにも多くの場合、完璧な機械に見えることははっきり認めなければならない。一方、チェーホフの短篇は生きている。生き物の欠点と美点——人間の不完全さと生命の不思議なゆらめきを備えて。

エドモン・ジャルー[*1]はいみじくも、モーパッサンの最良の短篇は作り話的な性格で損なわれていると言った。それは一点を、一つの効果を狙う。最後の言葉が矢のように読者の心に突き刺さる。チェーホフは音楽が与えるのとよく似た印象を残したいと願った。彼の中篇は長調であれ、短調であれ、澄んでよく響く一種のこだまを残して終わる。

モーパッサン、メリメ、その他の諸作家は、中篇では、一つのエピソード、一つの出来事に光を当て、多彩な登場人物や場面は長篇にとっておく。それはもっともと見えて、実は、芸術上の大半のしきたり同様独断である。中篇でも長篇でも、一人の主人公あるいは一つの事実を浮き彫りにすると、物語は貧しくなる。現実の複雑さ、美しさ、奥深さは一人の人間を他の人間に、一つの存在を他の存在に、歓びを苦しみに繋ぐ数多《あまた》の関係に因るものだ。

チェーホフは切り詰めた紙幅の中に多くの人間の経験を封じ込めようとする。たとえば「女房ども」はそれ自体意味深く悲劇的な恋愛話を含んでいる。たまたま旅籠に泊まった商人が、かつていかに一人の女が自分を愛し、その愛によって罪に駆り立てられたかを語る。商人と農民たちの会話が終わり、彼は立ち去る。女たちは二度と彼に会わないだろう。だが彼の言葉はそれまで彼女たちの魂の底で言葉にならず燻《くすぶ》っていたものを照らし出す。情熱、憎しみ、絶望。商人の恋愛は切り離された事柄ではなく、恋愛と色事の一切と繋がっている。この世の全ては周囲に影響を及ぼすのだ。

「職務の用事」では全体が丸太小屋で過ごした一晩の話に過ぎない。傍らに自殺者の体があり、友人の家の暖かく居心地の良い部屋で夜が終わる。一方外では吹雪が唸りを上げている。言わば、読者は二つの扉の間《はざま》にいる。一つは歓びと安楽の世界に開き、もう一つは恐怖と苦痛の世界に開く。非難もなければ称讃もない。その通り、それが全て、それが真実なのだ。

そして「大学生」。ある若者が、春の晩、焚き火にあたりながら、二人の農婦にイエスの死について語る。それから彼らは別れる。この話が残すのは異様に穏やかで澄んだ音楽の和音の印象である。大学生の人生、貧しい女たちの人生が垣間見える。そして、過ぎ去った幾世代もの騒めきが、こだまのように聞こえてくる。三ページ足らずが、長篇小説以上の意味と響きを持っている。

ただし、チェーホフは、大勢の人間の中で一人の登場人物を他と区別する時、決してその人生の何かの危機を私たちに語るために選ぶのではない。このお手本を比類ない手法で受け継いだ作家——それがキャサリン・マンスフィールド[*2]である。チェーホフがこの秘密を彼女に授けたことは疑いない——例外ではなく普通を選ぶ。

ここに「ワーニカ」がある。靴の修理屋の見習小僧が村にいるじいちゃんに手紙を書く。ワーニカにとって他の日より幸せでも不幸せでもない普通の一日だ。そしておそらく、そのことがこれほど私たちの胸を打つ。そして素晴らしい「ふさぎの虫」。御者の息子が死んでしまう。その死について御者は誰にも話せない。とうとう馬に語りかける。事件もなければ、ささいな出来事もない——全てが恐ろしい運命なのだ。

さて、現実には（例外的な時を除いて）事件は乏しい。読者はありふれた生活、単調でパッとしない日々の中に自分を認める。自分を認め、改めて自分を発見する。実際、多くの場合、危機の瀬戸際では自分自身ではない存在が身内に立ち現れる。おそらく、人は平静で退屈している時しか本当の自分ではない。

つまり、チェーホフは半ページある人間を描き出すだけで、その内面生活を私たちに感じ取らせる。

モーパッサンやメリメは一つの情熱、一つの性格の特徴を私たちに描き出す。そしてそれで満足してしまう。

「首飾り」[*3]のヒロインを思い出そう。彼女は見栄っ張りの若妻、それが全てだ。今度はファルコーネ[*4]を取り上げよう。彼は名誉を重んじるコルシカ人、それ以上は求めまい――何もないのだ。それに引き換え、チェーホフの馬泥棒たちには複雑で、多彩で、深い内面生活がある。(「泥棒たち」)

農民あるいは浮浪者たちのとても愚直で粗野な性格の描き方は素晴らしい。インテリを主人公に取り上げると、チェーホフはそこまで成功していない。この場合、彼が設ける背景に私たちはさほど驚かず、惹《ひ》かれない。「退屈な話」、「決闘」、「隣人たち」の登場人物は学識ある男たち、教養ある女たちである。大抵の場合、その深い談話は見せかけに過ぎず、彼らの欲望も夢想も想像の産物で現実性を持たない。チェーホフはトルストイが最高度に持っていた天賦の才能――例外の中に普通を見出す才能を欠いている。チェーホフは中流以上の人間を描くとき一種の遠慮を抱いてしまう。トルストイの悠々たる気軽さが欠けているのだ。

チェーホフの物語は悲しい。彼は自分がペシミストであることを否認する。登場人物のある者たちは〝二百年、三百年経ったら人の暮らしは素晴らしくなるだろう〟と主張するではないか。だが心を締めつけられずにチェーホフを長い間読むことはできない。モーパッサンはペシミストである。自然主義者は人生を悲観する。チェーホフの人生観と比較すると、これには何か子どもじみたものがある。モーパッサンの主人公たちは貧乏、老い、あるいは病気故《ゆえ》に苦しむ。彼らが絶望する理由は全て外に表れる。チェーホフを苦しませるのは、人生が、彼の目に、何の意味(sens)も持たないことだ。

彼を愛するある女が彼に尋ねる。

「人生の意義（signification）って何かしら？」

彼はうんざりしたように答える。

「人生は何か、って聞くの？　それはちょうど、ニンジンが何かって聞くようなもんだ。ニンジンはニンジン、それだけのことさ」

同じように「三人姉妹」（一九〇二）のトゥーゼンバフは――

トゥーゼンバフ　〝たとえ百万年たったところで、人の生活はやはり元のままでしょう。それは変化せず、その持って生まれた法則にしたがって、常に一定不変のはずですが、さてその法則が何かということは、われわれの与《あず》かり知るところではないし、また少なくとも、とうてい知る時はないでしょう。渡り鳥――たとえば鶴なんかは空を飛ぶ、飛んで行きます。高尚な、あるいは低級な、どんな思想が彼らの頭に湧いたにせよ、やっぱり彼らは飛んで行くでしょうし、どこに何しに行くのかは、知り得ないでしょう。たとえどんな哲学者が彼らのなかに出て来ようと、彼らは現に飛んでいるし、こののちも飛ぶことでしょう。勝手に哲学をならべるがいい、おれたちは飛びさえすりゃいいんだ、とね……〟

マーシャ　〝それだって意味が？〟

トゥーゼンバフ　〝意味がねえ……いま雪が降っている。なんの意味がありますか？〟（神西清訳）

彼の作品の一行一行に静かな幻滅がしみこみ、時に図らずも、独特の、透徹して、穏やかで、静謐な調子を与える。

チェーホフは自分の作品のスタイルと構成の極細部《ごく》にまで気を配った。完成に向けて、彼がどれだけ厳しい仕事を果たさねばならなかったか、それを理解するためには、初期の物語と晩年の物語を再読してみる必要がある。なんという違いだろう！　人生の終局では、〝彼は書くのではなく、短篇をデッサンした〟何よりも、彼は自分の芸術について熟慮を重ねた。直観と同じだけの考察と意志を注ぎ込んだ。何よりも平易さを追及した。文章はできる限り短く、一語一語が語りたいことを語り、それ以上何も語らない。描写の理想、それをある日、小学生のノートの中で見つけた、と彼は言った——〝海は大きかった〟子どもはそう書いた。そして作家はこれより良くはできないと断言した。平易、簡潔、恥じらい、それこそが、何より重要だ。示唆する、そして説明しない。ひたすら坦々と、ひたすら穏やかに話を運ぶ。〝我が直観が告げるところ、中篇小説の結末では読者の心の中で作為的に作品全体の印象を一点に集めなければいけない〟

作家に課せられる問題が一つ一つチェーホフによって検討される。彼は急いで速く書くことを迫られていた。しかし、その短篇は細心と忍耐の賜物である。マクシム・ゴーリキーは書いている。〝ある日、僕の前でトルストイは讃嘆を込めてチェーホフの中篇について語った。「可愛い女」（一八九九）だと思うが、こう言ったのだ「これは清純な乙女が刺繍したレースのようだ。昔はこんな仕事をした乙女たち、レースの織工さんたちがいたものさ……」トルストイは涙ぐみ、感動をこめて語った。チェーホフはその日、熱があった。腰かけ、頬に赤いしみを浮かべ、俯《うつむ》いていた。鼻眼鏡を丁寧に拭《ふ》いた。長い間黙りこみ、とうとう、ため息交じりに、小さな声でおずおずと言った。「誤植が……ありまして……」〟

チェーホフの精神的後継者であり、チェーホフを語る時必ず立ち戻るべきキャサリン・マンスフィールドは、生涯の終わりに、作家は自己を完成させ、精神的に高めることで、その芸術を完成し、高める、と固く信じていた。チェーホフはそんなことを決して何も教えなかった。だが彼の人生全体がこの真実を明らかにしている。人間、チェーホフの美点――謙虚、誠実、率直、自分を律し、みがき、近親者を愛し、病気や心配事を支え、尊厳を持って恐れずに死を待つための絶えざる努力――は作家、チェーホフの作品に反映している。人生に意味はないと悲しく言い切った彼は、自《みずか》らの人生にとても美しく、とても深い意義を与えることに成功したのだ。

＊1　一八七六～一九四九　フランスの作家、評論家。
＊2　一八八八～一九二三　ニュージーランド出身、主としてイギリスで優れた短篇小説を発表した女流作家。「園遊会」、「蝿」等。
＊3　ギ・ド・モーパッサンの小説　一八八四年。
＊4　プロスペル・メリメの小説「マテオ・ファルコーネ」の主人公　一八二九年。

25

チェーホフは彼の出版者、スヴォーリンと友情で結ばれていた。容貌怪異なスヴォーリンはこの時代屈指の嫌われ者だった。現に彼は反動的で、とりわけ、オポチュニストだった。しかし、スヴォーリンは評判以上の人物だった、と思われる。彼が残した回想録からそう判断できる。回想録は公表を目的としたものではなく、偶然が重なって日の目を見ただけである。
アレクセイ・スヴォーリンは、チェーホフ同様、民衆の出で、農奴の孫だった。駆け出しは教員で、ロシア中央部の僻村《へきそん》で地理を教えていた。月給は十四ルーブル六十カペイカ。結婚して、子どもが一人いた。ジャーナリスト志望で、モスクワに接近する必要があった。そこで彼は家族のために首都から十ヴェルスタ離れた丸太小屋を借りた。妻はモスクワに歩いて行ったが、靴を節約するために、脱いで手に持ち、埃の中を裸足で歩いた。しばらく経って、スヴォーリンはモスクワで運を試してみたくなった。旅のためにオーバーを友人に借りる始末だった。ある新聞の編集デスクに選ばれた。彼はがむしゃらに働き、おそらく、有力者の要望に沿い、風向きを嗅ぎつける術《すべ》を心得ていた。間もなく、ロシア最大の日刊紙『ノーヴォエ・ヴレーミヤ（新時代）』の編集長になった。大出版社を買収し、遂には鉄道全線の新聞売店を手中に収め、そこから莫大な利益を得た。妬《ねた》む者たちはシチェドリンの名文句をとって彼に「旦那何をお望みで？」というあだ名をつけた。実際何事においても、彼は政府の観点にぴったり合わせようと努め、政府は絶えず新しい恩恵でそれに謝意を表した。しかし私たちまで届いたソヴィエト発行の彼の新聞の紙面では、事件や当時のロシアの指導者たちについてリアルな考えを示し、その論評は情け容赦ない。チェーホフは彼の文学的センス、精神、直観力を高く評価し、スヴォーリン自身も掛け値なしにチェーホフに敬意を払った。二人は非常に馬が合った。しばしば一緒に旅をし、書物、釣り、芝居、さらには墓地への偏愛まで共有していた。

一八九六年三月二十三日

〝今日は聖土曜日（訳注：復活祭前日の土曜日）。チェーホフと一緒にゴルブノフ[*1]の墓参りに行った。私たちは十字架に吊るしたランタンを開け、そこにあった小さなランプを取り出して火を灯した。「キリストが復活されますぞ、イヴァン・フョードルヴィッチ」と私は言った〟（スヴォーリン「回想録」）

こうして死者を祝福すると、チェーホフとスヴォーリンは墓地を横切る道をたどった。スヴォーリンが墓場はネヴァ河のすぐそばだと言った。彼、スヴォーリンはきっとここに葬られるだろう。彼は言った。

〝我が魂は、棺から出て、地下を河まで降る。そこで何か魚を見つけ、それに入り込み、その中で泳ぐだろうな〟

チェーホフはもの思わし気に色の薄い小さな顎鬚をひっぱりながら、大真面目にその言葉に耳を傾けた。近年彼は大いに変貌し、老けていた。体は痩せ細って軽く、大きな渇いた両手は焼けつくように熱かった。鼻眼鏡をかけ、疲れた顔に皺が見え始めた。

〝彼は田舎医者か田舎町の小学校の先生のようだった……〟クプリーンは言う。一見、全く普通に見える、〝ところがその後、最も美しく、最も繊細で、最も霊感を授かった人間の顔が見えた〟

一緒に、チェーホフとスヴォーリンは戴冠式[*2]の祭典を見た。スヴォーリンは彼の新聞の中で、妙に予言的な調子でこう書く。〝戴冠の日々は晴れ上がり、燃えるようだ。統治は燃えるだろう。何を燃やすのか？　そして誰を？〟（スヴォーリン「回想録」）

二人とも演劇に情熱を持っていた。スヴォーリンは気が向くと、戯曲を書いた。時折、演劇の世界にはうんざりする、とこぼした。それでもこう言い添えた。「やめられん。あの中の何かがわしを惹きつけるんだ」

チェーホフはと言えば、彼は俳優たちとの交友、舞台裏の埃っぽい空気の中に、自分にいつも欠けていた熱と生命の糧《かて》を見つけていた。演劇は二人の友にとって大いなる慰めだった。

結局、二人はともに人間に対してある侮蔑を感じていた――スヴォーリンの場合はシニカルで、チェーホフの場合は穏やかで、醒め切っていた。チェーホフは東方から戻って、周囲の妙な雰囲気に気づいた。〝得体の知れぬ悪意……たらふく奢る、べた褒めする、同時に、僕を貪り食う支度をしているんだ。なんで？　悪魔なら知ってるさ。もし僕が自分を拳銃で撃ったら、友人や讃美者の九割は大喜びするだろうね〟

この悪意には色々な理由があった。人は大いにチェーホフを愛し、愛することに疲れてしまった。人は彼を妬《ねた》んだ。こんなに若くして有名になった。ある批評家たちは、〝運が良かった若い文士〟に過ぎない彼が自分を天才だと思っている、と辛辣に非難した。

スヴォーリンがある者たちに抱かせた憎しみがチェーホフにも跳ね返った。至る所から友情を断てという声が彼に迫った。当然、彼はなおさらそれに拘《こだわ》った。

読者と批評家たちのこんな冷たさ、不当さ、（チェーホフは批評家たちについて〝あれは人間じゃない、一種のかびさ〟と言った）孤独で理解されないという思いは、すっかり作家を成熟させた。彼の精神的独立は一段と強固になった。今やトルストイの人に異議を唱えた。傑作「六号室」は一八九二年を区切りとして、チェーホフがトルストイの影響をきっぱりと拒否したことを示している。この芸術家を崇拝し、人物を愛し、〝最も偉大〟と見ることは決して止めないだろう。だが心の中でもう服従しないだろう。民衆を理想化しないだろう。

〝私の中には農民の血が流れている。農民の美徳には驚かんのだ〟

彼は医師であり、医師として、トルストイのように科学と進歩を軽蔑できなかった。

〝蒸気を利用することを知った人間は、肉食を拒んだり禁欲の中で生きるよりも人類に貢献した〟と彼には思われた。とりわけトルストイの目に、あらゆる悪に対する唯一の解決策と映った内的向上説に彼はもう同意できなかった。モスクワからサハリンまで訪れたロシア、感嘆した西欧、彼が自分の周囲と自分自身の中に見た全てが、ロシアの暮らしはひどく、それを変え、必要とあらば覆《くつが》えさなければならず、一種のニルヴァーナ、自身の魂の空しい観照に耽《ふけ》ってはならない、と彼に告げていた。

「六号室」のテーマは知られている。酔っぱらいで乱暴な看護人が支配する汚く暗い田舎の病院。医者は物事に投げやりで、病人たちに言い放つ。この世は全て相対的で、豊かな暮らしに生きる者も飢えて死ぬ者も不幸の総量は等しく、監獄の奥でもステップの中のように自由になれるし、病院のベッドの上でも宮殿の中のように幸福になれる、と。おきれいな慰め言葉！　ところが、ある日、医者自身が病気になる。気違いと言われ、閉じ込められる。看護人に殴られ、彼は苦しむ。その時、遅まきながら、彼は自分の過ちが他の人たちをどう苦しめたかを理解する。

　ロシアの全てがそれぞれ象徴になった……窓に鉄格子のかかった六号室、それは帝国だった。乱暴な看護人、彼を名づけるのは簡単だった。意志も勇気もない医者は〝インテリゲンチャ〟そのもの。

「六号室」を書いて、彼が理解させたかったのは本当にそれだろうか？　トルストイの教義に異議を唱えたのか、あるいは現実的に体制を、あるいはさらに根源的に、人間の状況全体を批判したのか？

あるいはそれに意味を与えず、真実の正確な描写に止《とど》めたのか？　それを確実には言えない、だが読者には自分の確信があり、それが肝心だった。「六号室」はロシアにおけるチェーホフの名声に大いに寄与した。この作品のために、ソビエト連邦は彼を同志と主張し、もし彼が生きていたら、マルキストの党に属していたと断言する。死後の栄光はこんな贈り物を差し出す……

それでも、彼は幸せではなかった。自分が理解されたとも、愛されているとも思わなかった。自分の人生が無益だと思った。ため息をついた。〝どうして書く？　金のため？　だけど、どのみち、全然それには縁がないんだ〟

彼はその時田舎に逃《のが》れた。彼はいつでも田舎を愛した。詩的で、悲しく、見捨てられた屋敷は、物語の中で絶えず描かれ、彼はそのために陰気で逸楽的な情趣を味わった。ある夏、半ば廃屋《はいおく》の一階を借りたことがあった。彼は横になった。〝円柱の立つだだっ広い部屋の中で。そこには自分が眠る大きな長椅子とテーブル一つを除けば家具がなかった。静かな日中でさえ、古いストーブの中で何か音が鳴った、嵐の時には家じゅうが振動し、ひびが入ったような気がして、少々怖かった。特に夜、十ある大きな窓が突如、一斉に稲妻に照らされた時など〟

若い頃から、彼は土地を買うことを夢見ていた。兄弟たちに言った。

「僕らには自分たちの片隅が全然なかったね。なんて残念な！」

一八九二年以降、彼は土地の所有者になった――メーリホヴォ。

＊1　イヴァン・フョードルヴィッチ・ゴルブノフ　一八三一～一八九六　ロシアの作家・舞台俳優。

＊2　ロマノフ王朝最後の皇帝ニコライ二世の戴冠式。一八九六年五月。

26

トルストイは所有は悪だと説いた。だがチェーホフにとって、地主であることが、何たる歓び！もう家賃を払わずにすむ、それだけで酔い心地になった。メーリホヴォは、チェーホフ一家が居を構えた時、雪と氷に覆われていた。人気《ひとけ》のない宏大な空間の中央に建てられた屋敷は、〝小さなシベリア〟の真っ只中に置き去りにされたようだった。家族はがっかりした。アントンの幸せは誰にも分からなかった。だが、とっくに、分ることを諦めていた。それでも彼は人里離れたこの住い、大きな窓が三つある、静かな書斎に満足していた。早々《はやばや》と起きて働いた。知的にだけではなく、肉体的に。そしてそれが彼には新鮮で心地良かった。自分で中庭を掃除し、分厚い雪を池の中に放り投げ、氷を砕いた。この中庭に、庭園を設計しよう。果樹を植えよう。薔薇で飾ろう。二人の不幸な兄は本能的に周囲のあらゆるものを台なしにし、ぐちゃぐちゃにした。一方、アントン・パヴロヴィッチは逆の力に駆り立てられていた——美しくする、建設する、育てる。人の乱脈ぶりにあれほど苦しんだ彼は、自分と家族の暮らしに、新たに、殆ど修道院のような厳格な規律を敷いた。四時に目を覚ました。丹精のかいあって形と生命を得た庭園を長い時間をかけて散歩した。二匹の犬、ブロームとヒーナ、足がねじれ、胴体が長く、おそろしく利口なバセット犬がおともをした。正午に昼食をとり、それから昼寝だった。そのあと夕方まで執筆した。「小柄な禿げた老人になりたいんです。快適な部屋の中に坐って、大机に向かって書きに書くんです」彼はスヴォーリンにそう言い、それから微笑んでつけ加えた。「文学にはいいところがありますよ。ペンを手にして、日がな一日坐って、時が経つのも気づかず、同時に、人生のような何かを感じるなんてね」夜は彼と父だけが静かな屋敷の中で夜ふかしした。彼は書き続け、父は小声でリタニ（訳注：連禱。正教会の礼拝の構成要素の一つ）を歌い、祈りを唱えた。年齢と安楽と周囲の敬意が、老人を磨き、穏やかにしていた。彼の中に、いつも拳を振り上げ、口汚く罵るかつての独裁者、雑貨店主を認めるのは難しかった。

チェーホフは献身的で丁重な息子として振舞った。父は自分の立場を保っていた。だが二人の間には特別な気まずさが残っていた。チェーホフは過去、げんこつ、あの辛い少年時代を完全に忘れることができなかった……父は従順で、同時に密かに苛立っていた。

チェーホフは書いた。〝今日ヴィッサリオン（幼年時に兄たちと彼が家庭の暴君につけたあだ名）が食卓で長口舌を揮《ふる》いました。無知な者の方が教育を受けた人間より値打ちがあるなんてね。僕が入って行くと、黙りこみましたが〟（アレクサンドルへの手紙、一八九七年三月十一日）

他の家族はアントンを敬愛し、これ以上ない善意で彼の生活を耐えがたくした。ある日、兄のアレクサンドルがメーリホヴォに彼に会いに来て、しばらくともに過ごし、それからまた出て行った。帰る途中、田舎の小さな駅で汽車を待ちながら、こんな手紙を弟に書いた。（ロパースニャにて、一八九三年六月）

〝アントーシャへ、俺はアルトリマントラン（これも父親のあだ名）に別れも告げずメーリホヴォを去った。あいつは眠っていた。神があいつとともにあらんことを！　鮭とオリーブの夢でも見やがれ。去り際に、母さんは俺が自分を傷つけたと言った……俺が馬車に乗った時、妹は悲しがった。そいつはみんな道理のうちさ。だが、道理のうちにないもの、それが俺の魂なんだ。俺が卑怯にも逃げたとしても、怒らんでくれ。俺はお前が哀れでならん。俺は、この俺だって、弱い人間だが、人の苦しみに知らんぷりではいられん。お前を見る度に、お前の恐ろしい暮らしを見る度に、俺は苦しんだ……誰も彼も、お前に良かれと望む。だが結果は完全な食い違いだ。こんな食い違い——侮辱しあって、涙を流して、どうしようもなく苦しんで、ため息を押し殺す。そいつを鎮《しず》めるために出来ることはただ一つ、それはお前の最後の決意、一人で出て行くことだ〟

〝俺たちの母さんは絶対にお前が分っちゃいないし、決して分かるまい。心底《しんそこ》苦しんじゃいるが、それはお前が病気で怒りっぽいからだ。お前の心を理解するところまでは行かんな。親父は昨日森の中でお前が自分の話を聞かん、と俺に繰り返した。自分は賢いんだ。祖父さんは管理人だった、ergo（故に）ってわけだ……お前は善良で素晴らしい人間だ。神はお前に輝く才能をお与えくださった。その輝きさえあれば、お前のいるところはどこだってお前の家じゃないか。なんとしても、生き生きした魂を守らなきゃいかんぞ。何もかも棄て去れ。田舎暮らしの夢も、メーリホヴァへの愛も、お前がそこにしまいこんだ思いも、仕事もまるごとだ。メーリホヴァだけが世界じゃない。鼠がろうそくをぼりぼり食うみたいに、アルトリマントランがお前の魂を貪《むさぼ》るとは何事だ？　それにそいつを貪るのが難しくないときちゃ……〟

結局、アントン・パヴロヴィッチは自分の内なる自由、その〝生き生きした魂〟を守り抜いた。夢想、沈黙、穏やかで皮肉な諦めのおかげで。大人で、病気で、高名、それは同じように彼を守る薬だった。何より先に自然が彼を慰めた。彼はスヴォーリンに書いた。

〝春になると、あの世にも天国あれと、痛切に願います〟（一八九二年三月十七日）

彼は池のほとりで長時間釣り糸を垂れて過ごした。

ある日、一人の訪問者が、その池に魚が一匹もいないことに気づいて驚いた。だが、その岸で、少なくとも、チェーホフは平然としていた。初めて彼に会った人を一番驚かせるのは、その特別な静かさだった。動作は穏やかで軽快、会話は率直で簡潔、声は冷静、だが微笑みには子どものそれが残っていた。（ブーニンの思い出）

〝彼は素晴らしく形が良い、白皙の広い額《ひたい》をしていた〟ほぼこの時期に知遇を得たクプリーンが言っている。

〝ごく最近、眉毛の間、鼻筋にもの思わし気な縦ジワが二本現れた〟

クプリーンはさらに書く。〝彼の目は、一見青いが、そうではなく、殆ど黒っぽい褐色である。鼻眼鏡と、顔をちょっと上げながら眼鏡の下から見るせいで、彼の顔は何度か厳しく見えた……

そして〝悲しい目の中で微笑みが輝く。こめかみの小ジワという小ジワが震える。彼の声は深く、穏やかで、こもっている……〟（マキシム・ゴーリキーの回想）

彼は日に日に痩せ、咳き込み、老けて、自分のことを〝溺死人さながら〟と語った。しかし頑として自分の病《やまい》を否定し続け、悪しき健康は、医師の務めをきっちり果たすことを絶対に妨《さまた》げなかった。この病人は夜、いつ何時でも出かけ、悪路を馬車の中で何時間も過し、汚い丸太小屋で農民の枕元に居続けることをいとわなかった。
〝私はこの地方で一番惨めな医者です。馬も馬車もどうにもなりません。道も知らなければ、金もない。夜は、何も見えないし、すぐにくたびれてしまいます。そして、これが一番肝心なのですが、書かねばならないことを、決して忘れられないのです。コレラなんか放り出して執筆にかかりたいのはやまやまですが……我が孤独は完璧です〟（スヴォーリンへの手紙、一八九二年八月七日）
〝私はうんざりしています。自分の時間はなく、下痢のことしか考えず、夜犬が吠えて人が戸を叩くと身震いします。〟私を呼びに来たんじゃないか？　〝駄馬と知らない道を行き、コレラに関する本しか読まず、コレラだけを待ち受け、それでいて、この病気にも、診療する人たちにもとんと関心がないとは……〟彼はまたため息をついた。（スヴォーリンへの手紙、一八九二年八月十六日）
しかし彼は医師だった。自分の務めから逃れようとは片時も思わなかった。作家として、彼は悲惨な人生の光景を糧にした。一段と痩せ、血を吐いた。〝我が魂は疲れています〟彼はそう書いた。だが自《みず》らの苦しみと他人の苦しみは、彼の作品を豊かにした。
ほぼ長篇のような長い二つの中篇がメーリホヴォの思い出から書かれた。「百姓たち」と「谷間で」。チェーホフの農民の描き方は、同時代のインテリゲンチャに深いショックを与えたに違いない。ゴーリキーが辛辣な皮肉をこめて言ったような〝同時に二つの椅子に坐っているとどうしてこんなに快適でないのか、一生かかって理解しようとした人たち〟に。
インテリゲンチャはいつでも知ろうとせずに、農民を理想化した。丸太小屋に留まり、農民が放つ悪臭を吸いこみ、話しをし、農民がどう生活し、愛し、妻や子どもを扱うのか観察する、そういう事を、教養あるロシア人はほとんど何もする気がなかった。それでいて鸚鵡《おうむ》のようにトルストイとツルゲーネフの教えを繰り返した――〝農民は善良だ、あれは聖人だ〟

インテリゲンチャからすれば、それは考え抜かれた確信ではまるでなく、政治的な姿勢だった。彼らはリベラルな改革を望んでいた。政府は民衆は自由になるには未熟だ、という口実の下に、それを拒んだ。インテリゲンチャは農民が素晴らしい存在であり、高いモラルを持つことを示して、政府を怒らせ、その最良の武器――ブルジョワジーは変化を望まない――を奪った。

だがチェーホフ、彼は、農民を知っていた。先ず本能的に、彼らの血は彼の血管に流れていたから、そして農民を訪ね、治療し、話し、同等の者として見ることに努めてきたから。インテリゲンチャの誤《あやま》りが彼にはよく分かっていた。ロシアの農民は聖人などではない。その中に「谷間で」のリーパ、「百姓たち」のオルガのように、大人しく、諦めてしまった、永遠の犠牲者はいた。だが総じて、何たる冷酷さ、何たる獣性、何と粗暴で悲惨な暮らし！　長い奴隷暮らしが獣のようにしてしまった人間たち、彼らの神の血統は瞬間、感動的で、はっとさせるようなやり方で姿を現す、チェーホフはそんなふうに農民を見ていた。

彼らは暗く、汚く、狭い家の中で暮らしていた。〝その蠅の多さ！　暖炉はかしぎ、壁の丸太はひん曲がっているので、今にも小舎は倒れそうな気がした〟（「百姓たち」原卓也訳）農民は動物を、（〝「その猫、つんぼだもの」「どうして？」「だってさ、ぶたれたんだもん」〟（同））子どもを、女を、身を護る術のない全てを虐める。ぞっとするような悲惨さ。食糧は水に浸した黒パン。祭りの日にはそれにニシンがつく。唯一の情熱は貧しい時は酔っぱらうこと、金持ちになればもっと金持ちになり続けること。それで何だってやってのける。盗む、必要なら殺す。堕落した強欲な女ども、あるいは子どもの頃から怖じ気づいた惨めな女たち。怒りの衝動に駆られたアクシーニアは義理の姉の息子を殺してしまう。(「谷間で」)農民は哀れみを知らない。その宗教はまるで上っ面だ。〃マリアとフョークラは、洗礼も受けていたし、毎年精進も行っていたが、何一つ理解しているわけではなかった。子供たちにも、お祈りを教えもしなければ、神の話をするでもなく……ただ精進日の間食を禁じているだけだった。……が反面、みなが聖書を好み、やさしい敬虔な愛情をささげていた。しかし、かんじんの本がなかったし、それを読んで説明してくれる人もいなかった……〃(同)

老いた親が病気になると、子どもたちは彼らに生き過ぎた、死ぬ時が来たんだ、と言った。農民は誰からも見放されていると思っていた——誰も助けてくれねえ、助言もしてくれねえ。〃彼らより裕福で、力のある人々も、助けることなどできない。その人たち自身、粗野で、不正直で、飲んだくれであり、自分たちも同じように口汚く罵り合っているからだ〃(同)「貧乏!　貧乏!」チェーホフは声を上げた。農民に必要なのは自由じゃない、物質的な充足なんだ。自由ならツァーリの思《おぼ》し召し次第、彼らのために請願するのは簡単だ。一方、農民を充足させるためには、富裕階級の特権に手をつける必要があった。誰もやりたがらないことだった。だからチェーホフの農民の物語は教養ある読者に楽しみぬきで読まれた。

27

チェーホフの友人に画家、レヴィタンがいた。[*1]一八九二年春のある日、田舎で、二人は狩りに行った。レヴィタンが、ほとんど無意識に、一羽の鳥に傷を負わせ、鳥が彼の足元に落ちて来た。〝長い嘴《くちばし》、大きな黒い目、素晴らしくきれいな羽根……鳥は驚いた目を私たちにむけました〟とチェーホフは書いている。どうしよう？　レヴィタンは顔をしかめ、目を閉じ、震える声で懇願した。

「頼む、止めを刺してくれ……」

――「できない」とチェーホフは答えた。

鳥は〝驚いて〟彼を見続けた。とうとう、チェーホフは鳥を殺した。〝またしてもきれいで可愛らしい生きものが減って、二人の愚か者は家に帰って食卓に着いたのです〟（一八九二年四月十八日）

この年、田舎には多くの人たちがいた。音楽、池のほとりの長い散歩、生暖かい夜、恋する娘たち。この春の雰囲気、美しい庭園、月明りの夜、無垢な鳥の死、その全てが、チェーホフがしばらく後に書いた戯曲、「かもめ」（一八九六）の中にある。

〝私はこれをフォルテで書きピアニシモで締めくくりました。演劇芸術のあらゆる決まりに反して。結果として一つの中篇小説になりました。とうてい満足していません。新しく生まれた戯曲を読んで、改めて、認めざるを得ません。私は劇作家ではないと。一幕はごく短く、四幕物です。〟

「かもめ」のテーマは知られている。娘が高名な作家に恋をする。彼女は女優志望。夢を実現するが、当人には失意と悲しみ、彼女を愛した男には死だけをもたらす。穏やかで抒情的な戯曲で、全編ハーフトーンで書かれ、実際、やや中篇小説のような仕立てである。読み合わせにおいてさえ、変わっていて、新しく、わけがわからないと思われた。チェーホフは何年か前、「イワーノフ」がそこで収めた大成功を記念して、ペテルブルグのアレクサンドリンスキー劇場のためにこれを書いた。当時まだ駆け出しだった非常に偉大な女優、コミッサルジェーフスカヤ[*2]が娘、ニーナの役を演じることになった。だが稽古は不十分だった。九日で舞台に上げた。初演は一八九六年十月十七日と決まっていた。

チェーホフ自身大成功は期待していなかった。自分の作品に半分しか満足していなかった。とは言え、自分が観客に愛され、尊敬されているのは分かっていた。大成功でもないが失敗でもなく――まずは及第点か、ぐらいに思っていた。スヴォーリンのボックス席で、彼は普段通り、静かに達観しているように見えた。客席は満員だった。幕が上がった。台詞が始まったとたん、チェーホフは周囲に六年前サハリン島から帰って以来しきりに感じていた悪意のこもった雰囲気を感じた。騒めきが聞こえ、人々はあくびをしていた。舞台では白衣のニーナが有名なモノローグを朗誦した。

〝……人も、ライオンも、鷲《わし》も、雷鳥も、角を生《は》やした鹿《しか》も、鵞鳥《がちょう》も、蜘蛛《くも》も、水に棲《す》む無言の魚《さかな》も……〟（神西清訳）

誰かが笑った。

俳優の一人が言った。〝硫黄の臭《にお》いがするわね。こんな必要があるの？〟（同）

もう一度どっと笑う声。

「どうです、こんなチェーホフをあなたは天才だと思っていましたか？」

観客の一人が隣に囁いた。

「私が？　とんでもない！」

無名作家が遠回しに言った。

「彼には全然才能がありませんね、全然……驚かせたくて、何か変わった、独自のものを作りたかったんでしょうが、どこまで馬鹿馬鹿しいものになったかご覧なさい！」

芝居は、その間も、続いていた。観客は聞くふりをして、それから肩をすくめ、また笑った。チェーホフの友人たちは客席の中の彼を探した。彼には自分のいるボックス席から彼らが哀れむような口調で声高に尋ねるのが聞えた。

「彼はどこにいるんだ？　気の毒に」

批評家たちは翌日書く文章を心中《しんちゅう》準備した。――〝前代未聞のスキャンダル……ここまで目も眩むような失敗に立ち会ったのは久しぶりだ。「かもめ」、これはうるさがたの観客にとって一つの事件だ。〟

もっと穏健な他の批評家たちは、戯曲は作劇上のあらゆる決まりを無視して書かれている、チェーホフは芝居の書き方を全然知らない、としたり顔で指摘するに止めた。

「イワーノフ、覚えてますか？　結局、最初の観客の反応は正しかったんですよ……ああ、観客の本能は、大変なもので……そもそも、チェーホフの中篇小説だって人が言うほど良くはなかったんだ。

それでこのかもめときたら！……」

「牛のまねをしたがる蛙《かえる》だ」誰かが聞こえよがしに呟いた。ある批評家はほくそ笑んで、明日の記事に使うためにこの言葉を書きとめた。（この批評家はセリヴァノフと言った。「かもめ」に下した評価のおかげで、ロシアで、彼の名は彼より永く生き残った。後年、戯曲が華々しく再演されるたびに、誰かが不運なセリヴァノフのこの言葉を思い出した）

客席はチェーホフの個人的な敵からなっているようだった。彼に嫉妬する者、彼が心ならずも疑心を抱かせた者、チェーホフの短篇に新聞の紙面を譲らざるを得なかった者、その全員が彼への仕返しを果たした。そしてこの一群に、付和雷同する連中、芸術でも生活でも新しいものには何であれ怖気ずく連中、愚か者や偽の友人——そんな大勢を加える必要があった。

スヴォーリンは、憤慨したが、前もって記事を書き、成功を当てこんだことを考えた。こうなりゃ、全部やり直しだ。こんな失敗を誰が予想できたろう？「イワーノフ」のモスクワでの初演さえ、これに比べりゃ成功だった。それに、よく考えれば、観客はあながち間違っちゃいない。この戯曲は変わっている。読んで、わしには面白かった、だが動きがない。チェーホフは絶対誰の言うことも聞かん。それで今、臍《ほぞ》を噛んでる。なんと変わった男だ……えらいプライドを持ってる。助言したって耳を貸さんか、苛立ってはねつけるかだ。このところ、自由思想に傾いてるっていうのは本当か？そう断言する奴がいるが……何だってあり得るぞ。

チェーホフはスヴォーリンの後ろの暗いボックス席に坐っていた。スヴォーリン夫人は黙っていた方がいい時も話しかける女の習いで、小声で慰めを呟いた。チェーホフを慰めてなんになる？彼は劇場の青と金の客席の騒めき、野次《やじ》、嘲笑、それに口笛を聞いていた。コミッサルジェーフスカヤ自身の演技もまずい、と彼は思った。稽古の間中、彼女の泣き言ばかり聞かされていた。

二幕目はもっと静かだった。だが三幕目で観客はたちの悪い狂気に駆られたようだった。チェーホフは静かにボックス席から離れた。

芝居が終わって、スヴォーリンは客席の彼を探したが見つからなかった。朝の二時に、蒼ざめ、目にいっぱい涙をためたマリア・チェーホフがスヴォーリンの家にやって来て、アントンが帰って来ず、とても心配です、と言った。チェーホフは、その間、冷たく濡れそぼったペテルブルグの街路を歩いていた。秋だった。メーリホヴォには初雪が降った。なんで田舎を離れてしまったんだ？　明日直ぐにあっちに帰ろう、あっちに閉じこもろう。年を取り過ぎた、疲れ過ぎた、もうろくなことはできん、書き過ぎてとうとう機械の調子が狂ってしまった……。失敗はそんな思いほどは彼にショックを与えなかった。

少しずつ、彼の心は静まり、自分の家に帰った。三時になっていた。冷たい風呂に入って床に着いた。不安に駆られたスヴォーリンが部屋に入りこんで来た時、彼はまだ眠っていた。スヴォーリンは灯りを着けようとした。チェーホフがベッドから彼に叫んだ。

「お願いです！　灯りは着けんでください！　誰にも会いたくありません。これだけはあなたに言っておきたい。どんな声がかかろうと……二度と芝居のためには書きませんぞ」

彼はメーリホヴォに発った。「かもめ」の二回目の公演は成功した。だが悪いことに、批評家たちの悪意ある記事が読まれてしまった。劇は五回上演され、かくてサンクトペテルブルグにおける公演歴は終わった。

しばらくして、チェーホフはこの戯曲を出版させた。それを読んだトルストイはこんな言葉で自分の考えを語った。

「これはまるで値打ちがない。イプセンの劇みたいに書いてあるじゃないか」

トルストイはにっこり笑いながらチェーホフ本人に言った。

「私がシェークスピアが好きじゃないのは知ってるね。だが親愛なるアントン・パヴロヴィッチ、君の芝居は彼のよりなお悪いですぞ」

＊1　イサーク・レヴィタン　一八六〇～一九〇〇　ロシアの風景画家。チェーホフとは深い交友関係があった。
＊2　ヴェーラ・ヒョードロヴナ・コミッサルジェーフスカヤ　一八六四～一九一〇　ロシアの名女優

28

田舎で、チェーホフは農民を治療し、彼らの世話をし、学校を設立し、道路を改良した。だがロシアでは、どれだけ重要で、有益であろうと、知的な男が自分の活動に満足を感じることはできなかった。国はあまりにも広く、悲惨はあまりにも深かった。それは人間の根気を殺《そ》いだ。致命傷だらけの体のかすり傷に包帯をして洗ったところで何になるんだ？　何百人かを救っても、何千人かが死んだ。

巨大帝国の中で一本の道路が何を意味する？　未開の民衆のための一つの学校が？　政治が全てを面倒にした。ロシアで五年か六年ごとに、コレラの前にやってくる飢饉の間、金持ちたちは金を出さなかった。彼らの間で、善意の基金の悪質な運用について、多かれ少なかれいい加減な噂が流れたからだ。赤十字が託された金を盗んだとさえ断言する者がいた。一方で、政府は個々人の自発的な行動を妨《さまた》げた。チェーホフは一種の支援組織を作ろうとしたが、空しかった。ある者たちには下心があり、他の者たちには不信があった。政府は終いには全ての民間活動を禁じた。もう一度、悲しみ、怒り、疲労感がチェーホフを捕えた。サハリン島への旅の後のように。その上、彼の病状は悪くなっていた。

一八九七年、彼は何日かモスクワにいた。三月のことだった。スヴォーリンがアントン・パヴロヴィッチをディナーに招いたが、レストランに着いたとたん、チェーホフは具合が悪くなり、血を吐き始めた。氷を頼み、いくつかしゃぶってみたが、〝炎のように真っ赤な脅迫めいた血〟は止まらなかった。

友人たちは、愕然として、彼を取り巻いた。なんでもないでしょう、と彼らは言った。喉が悪いだけだ、スヴォーリンが断言した。だがチェーホフはこの時血が右肺から流れ出たことを知っていた。彼はニコライの死を思い出した。彼が垣間見て、目を塞いだあの真実、それがここで新たに出現したのだ。〝……残酷だし、恐ろしい……死後、個人が消えれば、生命は存在しない。普遍的な生命の嘆きや苦しみに混じり合うと考えても、慰めにはならない。その目的が私には分からない……無に帰するのは恐ろしい。人がお前を墓地に運ぶ、それから皆家に帰ってお茶を飲むだろう……それを思うと胸が悪くなる〟

だが、喀血は止まらなかった。家にいると、具合は良くなったが、それから何時間かすると、また血が流れ始めた。チェーホフはモスクワの病院に運ばれた。熱が下がって出血が止まると、彼は普段通り冗談を言おうとした。だが医者が彼を黙らせた。彼はしゃべらず、襟首の後ろで両手を組み、極度に蒼ざめて、横たわっていた。花が届いた、駆け出しの作家たちは意見と修正を求めて、それに自分の原稿を添えた。お病気で、書けないんでしょう。だったらそれを活かされたほうが……

彼は泣きごとを言わなかった。この時もその後も、決して自分に注意を惹いて、同情を買おうとしなかった。気分はどうかと聞かれると、答えた。――「かなりいいですよ」そして話題を変えた。彼は病院で退屈していたか？

「いえいえ、この通り、ここにもほとんど慣れましたよ」彼はそう言った。

気晴らしに、外のニュースを聞かせてくれる者がいた。春だった。氷は割れていた。

「結核の農民を治療すると、こう答えるんです。何をやったって治りゃしねえ、おいらは春の水と一緒にあの世に行くんだ、とね」彼はスヴォーリンに語った。

だが春は去り、彼は治ったと思った。医師たちは転地療養を勧めた。彼はビアリッツに発ったが時候が悪くていられず、次にニースに行った。外国語を知らないのは困りものだったが、彼はこの旅行を楽しんだ。〝外国で、僕がドイツ語かフランス語で話すと、汽車の運転手たちは馬鹿にするし、パリで一つの駅から他の駅に行くのは、目隠しして鬼ごっこするみたいです〟

だが初めのうち、彼はフランスにいるのが楽しかった。一冬をニースで過ごした。病気で、疲れて、憂鬱な男、それでも、彼は愛さずにいられないとばかりに、人生を愛した、それが与えてくれるささやかな束の間の歓びのために。美しい季節、ニースの胸に迫る、愛撫するような海、新しい顔ぶれ、外国人の品性、〝僕らが礼儀と心遣いを学ぶためにはここで暮らす必要がありそうです。掃除婦が舞台上の侯爵夫人のように微笑みます。そして同時に、その顔に仕事の疲れが見てとれます。鉄道のコンパートメントに入る時は挨拶せねばなりません……物乞いにすら。〟ムッシュー、マダム〝と言わねばなりません〟）カーニヴァル、フランスの書物、夢中になって読んだ暦まで、全てが彼の興味を惹きつけた。彼はドレフュス*に熱い関心を持ち、これを期に反動的で反ドレフュスだったスヴォーリンに対して冷ややかになる。フランスには最大の共感を抱き、理解し、大方のヨーロッパ以上にその美点を感じたようだ。〝なんと苦しみ、なんとみんなのために代償を払っていることか、他に先駆け、ヨーロッパ文化に模範を示すこの民族が！〟

それでもやはり、最も甘美な追放でさえ彼は長い間耐えられなかった。ロシアが恋しかった。一八九八年十月、父が死んだ。田舎の屋敷は売られ、チェーホフはクリミアのヤルタで暮らすことになった。

＊　アルフレド・ドレフュス　一八五九～一九三五　ユダヤ系のフランス軍人。一八九四年機密漏洩のかどで逮捕され、終身刑を宣告される。冤罪を主張するエミール・ゾラの告発文をきっかけに再審が行われ、後に無罪を勝ち取る。チェーホフはゾラの「われ弾劾す」に共鳴、自身も事実関係を綿密に調べてドレフュス擁護の立場を表明した。

「私は修道士みたいに暮らしているよ」チェーホフは冗談を言った。現実には、彼は最高に人間的な男で、女の美しさにトルストイのような欲望、顰蹙《ひんしゅく》、憎しみの念は全く抱かなかった。そして、ずっと正常に率直に、人の常として、女と恋愛を楽しんだ。とはいえ、青春時代を通して、本当の恋愛沙汰にはまるで火に接するように用心深かった。束の間の軽いアヴァンチュール、愛ある友情、優しい友愛、それが彼の感情生活のトーンだった。時折こんなことを言った。〝恋は凄くしていたいよ。本当の恋がなくちゃ退屈なものさ〟彼は女に好かれた。女たちは彼の中に精神、ユーモア、弱さ、静かなメランコリーを見ぬき、それに惹きつけられた。だが遊びが遠くまで行き過ぎ、自分の心、自分の存在の全てを相手が欲しがっていると感じると、とたんにチェーホフは身をかわした。ただし、自分にそれを望まれても無理なんだ、という心遣いは充分にこめて。そして失意の恋人は（多少とも苦しみながら）女友だちに変わった。

彼は自分の病気を知っていた。家族をかかえていた。金も大してなかった。年をとり、四十前に死ぬと思っていた。いつも、女がそばにいてどうする？

彼は皮肉半分、真面目半分で書いた。〝結婚はとてもしたいですよ。でも、月のように、毎日私の視界にいないような細君をお与えください。彼女はモスクワにいて、私は田舎にいる……〟

取り巻く女たちが、彼をちょっと尻込みさせたのかもしれない。彼女たちは教養があり、優美で、洗練されていた。だが理解されず、自分にも人生にも不満で、何かを望み、何かを期待し、追い求めて、後悔するのはこの時代のモードだった……おそらく、真摯な者はいた、だが多くの女にとって、この魂のあり方は一つのポーズであり、チェーホフは真面目に受け取れなかった。若い女が〝チェーホフ流に〟話したり、素顔で、「かもめ」の役を演じるふりをすると、とたんに作家は寡黙になり、皮肉で妙に冷ややかになった。

女たちにはこの男の願望がどこまで単純なのかが分からない。（あるいは分かるにしても、時既に遅く、彼女たちの青春は過ぎ去っている）彼は女たちに美しく、愛らしく、快活であること、心をちょっぴり彼に与え、見返りを求め過ぎないことを望んだ。だが危ういことに、女たちには犠牲になる用意があった、「かもめ」のニーナや全てのヒロインたちのように。そして賢明で慎重な彼は、彼女たちから逃げた。

「かもめ」の役を創り上げた大女優、コミッサルジェーフスカヤは、彼が惹きつけ、こんなふうに、ほとんど心ならずもはねつけた女の一人だった。

彼女は小柄で、大きな黒い目、素晴らしく音楽的な声、霊感を感じさせる細面《ほそおもて》の持ち主だった。彼女は演劇の中に職業や経歴ではなく、聖職に似た何かを見ていた。このタイプの女が、ロシアには大勢いる。他の人たちが人ごみに行く時、自分は修道院に行く、そんなふうに、彼女たちは舞台に上った。芸術は彼女たちにとって自分の命を捧げるべき貪欲な神だった。一九〇三年、彼女は「モンナ・ヴァンナ」[*1]を演じることになった。彼女は書いている。〝これは自分には演じられない、と私には思われます――必要なだけ彼女を感じることができない、私は地上の卑小さの中に浸り過ぎていると……

そして「マンフレッド」[*2]を読んだ翌朝はモスクワから、

〝私はこんな有様です――病んで、声も無く、目の光も失って、昇るのは不可能という思いに足枷をはめられています。これが霊感に至るまでの一段階に過ぎないとしても。もしかしたら、私は成功するかもしれません。観客はそれこそが私だと思ってくれるでしょう、無意識の技とは気づかずに。今は非常な高みに昇らなくてはなりません、なりきるために……〟

今日《こんにち》、私たちが演劇に対するここまで誠実で燃えるような意欲と、演劇が大衆に対して持っていた威信を理解することは難しい。

西欧でも、確かに、名優たちは愛され、仰ぎ見られていた、だがロシアでは崇拝がもっと純粋で、同時にもっと野蛮な性格を持っていた。西欧では、最良の俳優は芸術、職業、観客に奉仕した。ロシアの俳優が追及したのはもっと偉大な何かだった。トルストイ、チェーホフ、最も偉大な作家たちが同じように至上の夢としたある種の真実、倫理的で、社会的で、同時に芸術的な真実、ほとんど一つの宗教だった。当然、それは筋立てても、気取った仕草も妨げなかった。しかし演劇が、総体として、この理想主義によってより高められていた。俳優たちの収入は少なかった。若い頃、地方でコミッサルジェーフスカヤは月百五十ルーブルもらっていた。モスクワ芸術座で、モスクヴィン[*3]のような芸術家が月百ルーブル、クニッペル[*4]、メイエルホリド[*5]は七十五ルーブルだった。しかし同時に彼らの努力、長い忍耐の見返りとして、観客が彼らに与えたものを単に成功とは呼べず――それは愛だった。サラ・ベルナール[*6]の大成功さえ、これとは比べものにならない。ヨーロッパの観客は違っていた。ロシアの観客より洗練され、彼らほど素直ではなかった。十九世紀の古い新聞に、コミッサルジェーフスカヤの公演の話が見つかる。彼女は五十回あまり呼び戻された。観客は泣き、彼女に花束を投げ、彼女を去らせまいとした。彼女はもう街に出る格好で、帽子を被り、外套を着て挨拶に戻った。歓呼の叫びがまだ鳴り響いていた。〝行かんでくれ！　我々と残ってくれ！　ここにいてくれ！〟その時彼女は身を震わせ、涙ながらに呟いた。「私は皆さまのものでございます」彼女は気を失いそうに見えた。泣き咽んだ。客席では、女たちが気を失った。

ヨーロッパの観客ならおそらく女優の言葉と客席の集団ヒステリーに芝居がかったものを嗅ぎつけただろう。だがこれはそんなものではなかった。どちらの側にも絶対的な誠意があり、観客の魂と、どんな言語にも名前を持たぬ、理想的で近づきがたい何かを得たいという女優の願望は完璧に一致していた。コミッサルジェーフスカヤは、この時代のどんな女優にも増して、喝采を送る者たちの心に、讃美の念と愛情を掻き立てた。

しかし、華々しい成功にもかかわらず、彼女は幸福ではなかった。不安で、病的で、神経質な性質《たち》だった。絶えず自分を疑い、生活の中でも舞台の上でも、ほんの些細な失敗で痛手を負った。彼女とチェーホフが想像したかもめは肉体的に驚くほど似ていた。感じやすく蒼ざめた小柄な娘、悲劇的な幼顔《おさながお》、大きな目はニーナの役を宿命づけられたように見えた。そして奇妙な偶然の一致から、女優ニーナの想像上の生活と女優ヴェーラ・コミッサルジェーフスカヤの実生活も似ていた。ヴェーラ・ヒョードロヴナは不幸な若年を送った。十九歳で結婚したが、ほとんど直ぐに、手酷い裏切りにあった——彼女自身の姉が夫の愛人になった。不倫から生まれてくる子どものために、ヴェーラ・コミッサルジェーフスカヤは離婚に同意した。騎士道的で、ロマンチックで、悲痛で熱烈な性格から何事も過剰に追い求め、あらゆる損害を被り、それから、苦しみのあまり死を思った。この悲劇から八年後、彼女はようやく劇団に入った。二十九歳、ロシアの女優がもうキャリアの半ばに達する年だった。

　地方の芝居でいくつか演じた後、彼女はサンクトペテルブルグのアレクサンドリンスキー劇場への加入を許された。彼女は内気で感じやすかった。権威的な劇場は冷たく非人間的なやり方に支配されていた。そもそも、演目も、演出も、俳優たちの演技も、全てが古くて、死んでいた。コミッサルジェーフスカヤは俳優からも観客からも不信の念で迎えられた。どうにか二か月演じ、唯一オストロフスキーの戯曲で成功をみた。そしてチェーホフの「かもめ」のニーナ役が持ち込まれた。彼女は一晩で戯曲を読み、深く心を動かされ、出演を受け容れた。しかし、内心彼女は怯えていた。失敗が恐ろしかった。

「かもめ」はこの時代として全く特異な、全く新しい手法で書かれた戯曲だった。演出も同じように新しくなければならない。ここでは長口舌も、大げさな身振りも、情熱の叫びもいらず、沈黙、恥じらい、哀しく穏やかなトーンが必要だった。この種の戯曲は花形だけではなく、全体の完璧な統一を要求する。これは演劇芸術の革命であり、ようやく二年後に、スタニスラフスキー[*7]、ネミロヴィッチ・ダンチェンコ[*8]とモスクワ芸術座によって実現される。この作品が最も残酷で、最も不当な不成功に終わったことはご存知の通り。ヴェーラ・ヒョードロヴナは全霊で演じた。かもめ、それはやや彼女自身だった。良い俳優はいつも演じる役と混じり合う。ここにはそれ以上の何か、本当の魂の繋がりがあった。だが、失敗に終わった。書き手にとっては深い屈辱、女優にとっては大きな苦しみだった。

舞台を去りながら彼女は泣いた。家に帰ると、母の腕の中で鳴き咽《むせ》んだ。母は語っている。〝チェーホフのことを、「かもめ」のことを、自分自身のことを嘆き悲しんでいました〟

何か月か後、彼女はアントン・パヴロヴィッチの重い病《やまい》を知り、彼に手紙を書いた。〝私のお願いする通りにしてください。「私のために」なんて馬鹿みたい！　でも、どれだけ私があなたにお願いしたいか感じてくださらなきゃ！　ロストフ・ナ・ドヌーにヴァッシリエーフという お医者様がいます。そこへ行ってその方の治療を受けるべきです。あの方はあなたを治してくださいます。そうして！　そうして！　どんなにあなたにそれが必要か分かりません！　神様があなたをお守りくださいますよう！〟（一八九八年）

こうした手紙に男が何と答えられるか？　感謝したチェーホフは、とても丁重に、とても穏やかに、大いにありがとう、貴女《あなた》はとてもいい人だ、私はお勧めに従うだろう、と答えた。やはり、彼は何もしなかった。

何年か後、彼女は巡業公演の途中、クリミアに彼に会いに来た。彼女は自分の肖像写真を彼に送っていた。「かもめ」のニーナが語る台詞の何行かを書き添えて。

〝もとはよかったわねえ……なんという晴れやかな、暖かい、よろこばしい、清らかな生活だったでしょう、なんという感情だったでしょう……優しいすっきりした花のような感情……〟（神西清訳）

ペテルブルグで、「かもめ」の稽古の最中、アレクサンドリンスキー劇場の薄暗い舞台裏で、ある日アントン・パヴロヴィッチが彼女に近づき、見つめながら言った。

「私のニーナは貴女のような目をしているんだ」

それから彼は彼女から去った。なんと優しい、いくつかの言葉……〝優しいすっきりした花と同じ……〟彼女はとても苦く、とても苦しみに満ちた感情生活を送った、そして彼は……彼も決して幸福ではなかった……彼女は彼を哀れんだ。彼は病気に苦しみ、弱くて、孤独だった。彼女はあの伝説、自分自身ではないまでも、姉妹のように自分に似ているあの「かもめ」を創造したことを、彼に感謝していた。卑俗な物質的成功に無関心な彼女は、一つのイメージを永遠に生かしたいと願った。それはちょっぴり自分のもの、とも思った。そして自分のせいで――とても神経質で、とても不安定で、おそろしく小心な彼女はそれを疑わなかった――作品は失敗した。プライドの痛みではなく、彼女は心から苦しんだ。チェーホフは決して自分を許さないだろう、或いは許すという話ではなく、ごく単純に忘れないだろう、二人の間で、あの晩の恐ろしい記憶が消えることはないだろうと感じていた。

今、グルズーフ[*9]で、二人は他人のように再会した。お互い他人同士でしかなかった。二人の間には何もない。しかし……

とても簡素な装いの、目が大きく小柄な女と小さな白い顎鬚を生やし、学校の先生風の鼻眼鏡をかけ、疲れた顔をした初老の男（高名な作家と国中で愛される女優）は静かにクリミア沿岸の浜辺を歩いた。彼は明日発たねばならない。彼女が彼に言う。

「いや。発たないで」

彼が頼む。

「なにか私に聞かせて」

夕暮れだった。彼はじっと耳を傾けた。嵐が吹いた。彼女は自分が恋をして棄てられた悲しいニーナなのか、あるいは大芸術家ヴェーラなのかもう分からなかった。だがチェーホフ、彼の方は、完全に現実を、明日は彼女と別れなければならないことを覚えていた。(その頃彼の生活にはもう一人の女がいた。ヴェーラはそれを知らなかった)

彼女がもう一度言った。

「残って」

夜が過ぎて行った。二人は黙っていた。それから彼女がニーナのモノローグ、プーシキンの詩、彼女のレパートリーの最も美しいページを朗誦した。彼一人のために。涙なしに聞くことのできないあの深い澄んだ声で。

最後に彼は彼女の手に口づけしながら呟いた。

「私は発たないよ」

だが翌日彼は発った。彼女はその時彼が別の女性に恋していたことを知っている私たちにとってはとても悲しく、とても皮肉な言葉を書き送った。

〝グルズーフで……私は本当にあなたがかわいそうになりました、悲しいほどかわいそうに……〟

彼女は彼に肖像写真を頼んでいた。彼は彼女に贈った。〝ヴェーラ・ヒョードロヴナ・コミッサルジェーフスカヤ様　八月三日　嵐の日、海鳴りの中で、静かなアントン・チェーホフより〟

静か……彼女が望んだのは、おそらく、それではなかった。四日後の八月七日、彼女は彼に電報を送った。〝二日あなたを待ちました。明日船でヤルタに発ちます。あなたに洞察力がないのが悲しいわ。お会いできて? 答えて〟

彼は答えた。（その時、彼には洞察力があること、多分あり過ぎることを彼女は理解せざるを得なかった）

〝ヤルタは寒い、海は怖いよ。健康でいて。幸せでいて。神が貴女をお護りくださるように。私のことを怒らないで〟

だが彼女は〝静かなチェーホフ〟が他の女を思えるとは想像できなかった。おそらく、悲しく、小心で、孤独な彼を思って自分を慰めた。もう何も望まなかった。彼女は全てを捧げた。愛でなければ友情を。

〝私怒っていません。でもあなたの人生、今それがどうなっているかを思うと、心が締めつけられます〟

誇りと、敗北を受け容れない女の〝誉れ〟の中で、どんな女でも傷ついた自分を感じたはずだ。だが彼女は誠実である。彼を恨まない。奇妙なほろりとさせる優しさを彼に持ち続ける。三年後チェーホフは結婚する。ヴェーラは「桜の園」の上演許可を求めて改めて彼に問い合わせる。彼女は自分の劇場を立ち上げていた。

チェーホフは拒否する。彼は妻に書き送った。〝あの劇場は一月と続かないだろう〟彼は間違っていた。劇場は五年続いたのだ。

そして二人はもう二度と会わなかった。彼は死に、彼女の苦しみ多い、風変わりな人生は続いた。彼女も他の恋愛をいくつか知った。チェーホフに対して感じたのとおなじくらいロマンチックだったが、そこで相手方はさらに洞察力を示さねばならなかった――華々しい成功、芸術家の大きな歓び、そしていつも去らない不安、不満、苦しみ。全ロシアが彼女を「かもめ」と呼んだ。そして彼女は本当に休む間もなく転々と飛び移る傷ついた鳥に似ていた。

彼女は四十七歳になっていた。地方で、帝国の国境で、アジアで演じた。最も好きな役「かもめ」を繰り返し演じた。彼女はサマルカンド[*10]のバザールに入った。古い絨毯や布地を選んで楽しんだ。しばらくして具合が悪くなった。中央アジアの恐るべき伝染病、天然痘に罹《かか》っていた。数日間彼女は病みついていた。国中が不安に駆られて知らせを待った。ある朝、彼女は気分よく目覚め、殆ど治ったように感じた。素晴らしい夢を見ていた。夢の中でチェーホフに会い、語りかけた。二日後、彼女は死んだ。

ロシアのどんな作家も、どんな芸術家も、どんな政治家もこれほどの葬式で送られたことはなかった。華奢な体はタシケントからペテルブルグに、アジアからヨーロッパに運ばれた。一つ一つの駅、一つ一つの村から住民がこぞって彼女に会いにやって来た。ロシアの民衆は涙ながらに彼女に別れを告げた。

＊1　ベルギーの詩人、劇作家モーリス・メーテルリンク　一九〇二年の戯曲作品。
＊2　バイロン卿　一八一七年の劇詩。
＊3　イヴァン・モスクヴィン　一八七四〜一九四六　一八九八年創設のモスクワ芸術座の花形俳優。
＊4　オリガ・クニッペル　一八六八〜一九五九　モスクワ芸術座の女優　後のチェーホフ夫人。
＊5　フセヴォロド・メイエルホリド　一八七四〜一九四〇　ロシア、ソヴィエトの演出家、俳優　モスクワ芸術座の旗揚げに参加したがその後、袂を分かつ。スターリンの大粛清により死去。
＊6　一八四四〜一九二三　ベルエポックを象徴するフランスの大女優。

＊7　コンスタンチン・スタニスラフスキー　一八六三〜一九三八　ロシア・ソ連の俳優、演出家。俳優の教育法、スタニスラフスキー・システムの創案者。

＊8　ヴラジミール・ネミロヴィッチ・ダンチェンコ　一八五六〜一九四三　ロシア・ソヴィエトの演劇人。盟友スタニスラフスキーとともにモスクワ芸術座を創設。

＊9　クリミア地方、ヤルタから約２０キロの海辺の町。チェーホフはヤルタの他この地に別邸を持っていた。

＊10　中央アジア　ウズベキスタンの古都。

30

寒く、湿ったホールの中、ろくに照明のない演壇の上で、若い俳優一座がチェーホフを前に演じていた。舞台監督、音楽家、画家、才能ある芸術家たちによって、モスクワで劇団が設立されたばかりだった。ネミロヴィッチ・ダンチェンコの演劇学校とスタニスラフスキーが創設した芸術文学協会が合体し、比類なきモスクワ芸術座が作られようとしていた。

さしあたり、劇場自体、まだ準備が整っていなかった。金がなく、できるように稽古していた。この秋の宵、俳優たちはエルミタージュの完成前のホールで演じていた。ホールは冷えこみ、天井も壁も見えないほど暗く、悲しい巨大な影が這いまわった。空間の中で声は奇妙にこもって響いた。ランプがなく、代わりに蠟燭を瓶の首に差しこんで並べていた。外は雨だった。チェーホフはオーバーを肩にかけ、寒さに震え、お馴染みの仕草で静かに細い髭をつまみながら俳優たちの台詞を聞いていた。何日か前、「かもめ」の稽古があった。ネミロヴィッチ・ダンチェンコはシーズンの幕開けにその上演を望んでいた。チェーホフは同意を与えることをずっとためらっていた。アレクサンドリンスキー劇場の失敗をまだ忘れていなかった。だが二年経っていた。彼はある種のことが以前と同じ重みも、激しい痛みも持たなくなるほど危険な病気になっていた。そもそも、決していやと言えない性質だった。だからこの冬、モスクワで「かもめ」は上演されるだろう。だが作者がそれを見ることはあるまい。雨季で、咳が出た。南へ、彼が追放されたように感じ、〝僕の暑いシベリア〟と呼んでいるヤルタへまた発つことになる。その方がいいんだ、多分……自作のいくつかの上演の恐ろしい記憶が残っていた。初めての「イワーノフ」、あるいはあの哀れな「かもめ」を思い出すと未だに震えがくる……彼は劇場ではついていなかった。

妹のマリアがスタニスラフスキーに会いに来て、殆ど涙ながらに、この計画を諦め、他のものを探して欲しいと懇願したことを、彼は知っていたか？

「二度目の失敗の危険を冒しちゃいけないわ。あんなに病気なのに……兄は死んでしまいます」彼女はそう言っていた。

それに、あの「かもめ」の稽古が彼は気に入らなかった。ニーナを演じる若い女優は黙ってやっとため息をつかなければいけない瞬間に、叫んで、泣き咽んだ。ヴェーラ・コミッサルジェーフスカヤの神々しい自然さが彼女にはなかった。それにスタニスラフスキーは演出に重きを置き過ぎる……蛙が鳴き、犬が吠え、鈴が鳴る……そんなことの何がいいのか？　それでもやはり、チェーホフが姿を現すと、俳優たちは彼を取り巻き、神託を下す神のように仰ぎ見た。彼らを前に、彼は気後れを感じた。一八九八年九月九日の「かもめ」の初稽古は、不安と困惑の嫌な印象を彼に残した。

この晩、彼が聞いていたのは自分の作品ではなかった。アレクセイ・トルストイの劇、「皇帝ヒョードル」[*1]を演じていた。彼は楽しんで、見て、聞いていた。俳優たちは才能があった。女たちは美しかった。その中の一人が彼はことのほか気に入った。彼女は皇女イレーヌ役を演じていた。表情豊かな顔、美しい声、〝気品と魂〟の持ち主だった。名前はオリガ・クニッペル。知性に満ちた顔、ほっそりした唇、彼はそれを何日か前、「かもめ」の稽古の最中に見ていた。彼女は女優アルカージナ、軽薄で、あだっぽく、虚栄心が強いが、時として優しく、悲しい女の役をとてもうまく演じていた。この晩も彼女は素晴らしかった。時折、その台詞を聞きながら彼は喉が締めつけられるような気がした。

芝居をどう思うか尋ねられた彼は、とてもいいね……イレーヌが一番気に入ったよ、と言い、微笑んでつけ加えた。モスクワに残ったら、きっとあのイレーヌに恋してしまいそうだ……だが彼は翌日発った。

〝イレーヌ〟若手女優オリガ・レオナルドーヴナ・クニッペル、彼女もまたチェーホフに会って凄く感動していた。意志的で知的な娘で、才能があり、自分の仕事を愛していた。彼女のキャリアは始まったばかりだった。良家の出で、父親はライン地方出身[*2]の優秀な技師だった。若いオリガは舞台に運命づけられてはいなかった。ところが父親が早くに亡くなった。彼は借金しか残さず、家族は何とかして窮状を切り抜けなければならなかった。母親と二人の伯父、それに子どもたちがモスクワの小さなアパルトマンで一緒に暮らした。精力的でチャーミングな母は歌を教えた。伯父の一人は医師で、もう一人は将校だった。皆才能があり、陽気で元気だった。何年か後に知り合いになったゴーリキーは手紙の中でこの一家を〝気違い家族クニッペル〟と呼んだ。彼らは血の気が多く、すぐかっとなった。伯父たちは絶えず喧嘩した。食事は楽しくも騒々しかった。子どもたちは歌い、朗誦した。オリガ・レオナルドーヴナは初めは音楽を教え、それからネミロヴィッチ・ダンチェンコの演劇学校に入った。今は大いに嘱望される若き演劇一座の一員だった。

モスクワの狭い住まいの中で、彼女は自分の役を稽古した。その間、隣の部屋では母の生徒たちが歌い、彼女に言わせれば〝吠えて〟いた。夜、伯父の一人が大きな声でトルストイ、ドストエフスキー、チェーホフを朗読した。そして今、そのアントン・チェーホフが生身の姿で、目の前に現れた。当の彼女、無名のオリガ・クニッペルの演技に作家の安息、幸福がかかっているとは。それは感動的であり、不思議だった。またおそらく誰かが、チェーホフが彼女に感嘆している、と告げてくれていた。彼女はほとんどすぐさま、彼を愛した。

モスクワ芸術座の「かもめ」の初公演は一八九八年十二月十七日に行われた。オリガはその日、激しい気管支炎にかかり、三十九度の高熱があった。それでもなお、オリガは演じた。客は少なかった。俳優たちは自分の肩に重い責任がのしかかるのを感じた。一幕目が終わった時、客席は〝墓場の静寂〟の中で沈黙していた。女優の一人が気を失って倒れた。

〝私自身、立っているのがやっとだった〟とスタニスラフスキーは書いている。

終幕で人々はこれが成功したことを知った。

一八九九年の春、アントン・パヴロヴィッチはモスクワに戻った。彼一人のために「かもめ」が演じられた。素晴らしい季節だった。去年の冬、オリガ・クニッペルはマリア・チェーホフと知り合い、二人の女は厚い友情で結ばれていた。女優は何日か田舎のメーリホヴォに招かれた。チェーホフはこの若い女性に女たちが大好きなあの冷やかすような優しさを示した。そして彼女は……彼女は期待し、希望し、愛した。

ヴェーラ・コミッサルジェーフスカヤのライヴァルの一人はこの偉大で不幸な芸術家に〝霊感を授かった仕立て屋〟というひどいあだ名をつけた。この才走って、意地悪な警句には基本的な真実がある。まるで違うのがオリガ・クニッペルだった。彼女はヴェーラほど天才的ではなかったが、より知的だった。何よりも元気で精力的な女性であり、穏やかなチェーホフは彼女の中に自分を歓ばせる闘争的な力、熱さ、生きることへの愛を見出した。彼女は快活で、彼を楽しませることを知っていた。芸術や演劇ばかりか、自分の友人たち、おしゃれ、〝食べたばかりのじゃがいも、きゅうり、にしん、スペインの玉ねぎ、それに仔牛の肉からなるサラダ〟の話をした。文学の構想を彼に訊ねるだけでなく、服にちゃんとブラシをかけてもらったか、もりもり食べているか、ヤルタの庭園の若木や花がどんなふうに育っているかを尋ねた。彼女は彼を笑わせた。とはいえ、彼女も二人の関係にふさわしいトーンをすぐには見つけられなかった。恋の手初めに、女はいつも多少とも意識的に、愛する男の願望に自分を合わせようとする。違った心のあり方を試してみる。鏡に帽子を映してみるように。恋人の声がこう発するまで――〝それがいいよ。それにしたまえ〟

オリガ・クニッペルは順々に愛嬌たっぷりになったり、夢見がちになったり、メランコリックになったり、満たされなくなったりして見せた。彼女はたちどころに、自分にとって幸いにも、チェーホフが第二のかもめではなく、一人の愛する女を求めていることを理解した。

そして彼女自身、作家を情熱的に敬愛し続けながら、とりわけ病気で孤独な一人の男に執心した。彼女は何日かヤルタで過ごし、アントン・パヴロヴィッチの生活が不快で侘しく、食事はまずく、家政婦は横着で、靴も磨いてもらえず、訪問客は仕事のじゃまをし、彼には門戸を閉ざす勇気がないことを知った。つまり、彼には一人の女が必要なことを彼女は理解した。不幸にも、こうしたことに最初に気づくのは女であり、男はずっと遅く、時には最後まで気づかない。

連れ立って、作家と女優はモスクワに向けて発った。バフチサライ[*3]までは馬車で行かねばならなかった。八月、クリミアの美しい季節だった。素晴らしい野生地帯だった。リヴィエラとアジアが入り混じっていた。薔薇と糸杉の野原と見捨てられたイスラムの墓地の間に真新しい白い別荘が建っていた。海沿いに平たい屋根のタタール人の村落が見え、それからタタールの城門とモスクの間の寂しい場所に、大きく近代的なホテルが姿を現した。果実は素晴らしく、空気は澄んで軽やかだった。海上に、夜には、船舶の火が輝いた。クリミアは忘れがたい。チェーホフとオリガ・クニッペルは青い影が差す非常に深い峡谷、ココーズ峡谷を横切った。（ココーズはタタール語で〝青い目〟を意味する）二人は静かに語らい、黙った。作家はいつものように軽口を飛ばした。若い女性は優しく、心を動かされていた。二人はキスを交わした、それだけを。

彼はモスクワに長く残らなかった。具合が悪く、また発たねばならなかった。春には、モスクワ芸術座の一座が凱旋公演を打ちにクリミアにやって来た。その生活、長々とした会話、水辺の散歩、庭園の祭り、知的な男たち、優美な若い女たちとの交流を、チェーホフがどれだけ愛したか！　どれだけ演劇を愛したか！……オリガは彼にとって、自分が除外されたこの輝かしく自由な生活を体現していた。もう一度、彼はヤルタを去りたくなった。元気になり、若返り、ほぼ治ったような気がした。もう一度、彼はモスクワに数日以上留まっていられなかった。

＊1　アレクセイ・コンスタンチノヴィッチ・トルストイ　一八一七〜一八七五　ロシアの作家、劇作家　レフ・トルストイとは遠縁の姻戚関係に当たる。
＊2　ドイツ西部、ライン川沿岸の地域。
＊3　クリミア半島の都市。

31

モスクワ芸術座はその間、途方もない成功を収めていた。一八九九年、冬のシーズンの初め、観客は朝一時から路上で、切符売り場が開くのを待った。初日には二千五百人の行列ができ、十六枚綴りのチケットが売られた。モスクワは芝居の話で持ち切りだった。演目はシェークスピア、アレクセイ・トルストイの「皇帝ヒョードル」、「イワン雷帝の死」、チェーホフの「かもめ」と新作戯曲「ワーニャ伯父さん」。オリガ・クニッペルはその新作でエレーヌ役を演じた。

「ワーニャ伯父さん」は既に地方で上演され、かなりの成功を収めていた。今回、モスクワでは大成功だった。ゴーリキーは観た後に書いている――〝私は女のように泣いた。感じやすい男ではないんだが〟

チェーホフはヤルタで、劇評を読み、いつも来るとは限らぬ手紙を待ち、遠くにいる若い芸術家を思って満足するしかなかった。彼女はとても幸せな生活を送っていた……彼女にとってチェーホフは何だったか、この時？

〝夜中に火事がありました。私は起きて、テラスから炎を眺めました。そして恐ろしく自分の孤独を感じたのです〟（一八九九年九月二十九日）

〝私はじりじりしています。あなたの劇場の床下の鼠が羨ましい〟（一八九九年十月四日）

彼女はその時、不安に駆られ、彼がこんなふうに残念がっているのが舞台なのか女なのか自問した。少なくとも、演劇において、彼女は最善を尽くして彼に仕えている、と思っていた。大晦日、「ワーニャ伯父さん」の四幕目が終わると、超満員の劇場で、一つの声が鳴り響いた。見知らぬ男が言った。「私たちは心の底からあなた方に感謝します。モスクワの観客として、あなた方の芝居の中で感じ、生きた何もかもに」

〝私たちは心を打たれ、恐縮してしまいました〟オリガ・クニッペルは書いた。

確かに、チェーホフは芸術家としての彼女に感嘆していた、彼女はそれを知っていたし、確信もあった。だが、彼女はそれ以外を望んでいた。アントン・パヴロヴィッチが知らない女のところに発つ、と彼女に告げた者がいた。彼女は手紙を書いた。

〝そんなことあり得ない。そうでしょう？……〟

彼は彼女を忘れてしまったのか？

〝いや、いや、そんなことあるはずがない。いやですね。お願いだから、手紙を書いて。私は待っています、待っていますよ！……〟

だが二人の間では何事もはっきりせず、不可思議だった。キス、いくつかの優しい言葉、そして彼女を満足させてくれない一種如才ない友愛。

〝気が塞ぐとはいったいなんで？〟彼女が愚痴をこぼすと彼は答えた。

〝あなたは生きています。仕事をしています。希望を抱いています……笑っています……この上何が欲しいのです？　私は違いますよ。地面からひっこぬかれています。充分に生きていません。飲むことが好きなのに、飲まず、騒めきが好きなのに、聞いていません。要するに、私は今、植え替えられてためらっている樹木の境遇です――根をつけようか、それとも枯れてしまおうか？〟（一九〇〇年二月十日）

彼女はとうとう腹を立てた。どうして彼は彼女を分かろうとしてくれないのか？

〝この上何が欲しい？〟ですって。そんなの正に男の質問です！〝きっと男は男で、おあいそにこと欠かないのね〟彼女は手紙に書いた。だが、今度もまた、彼は悲しい冗談口調で返事をし、彼女をがっかりさせた。

〝私の周囲では、あなたの新しい戯曲が話題になっています。私一人が何も知らず、何も聞いていません。それを聞かれて、私がまるで無邪気に肩をすくめて、何も知らないと言っても人は信じてくれません。結局、あなたのお望み通りになればいいんだわ。ああ！　生きるってなんて嫌なんでしょう……（一九〇〇年三月二十二日）

〝あなたは大変不幸ですね。しかしそれもそう長いことではないと考えなくてはいけませんよ。なにしろもうすぐ、ほんとにもうすぐ、あなたは汽車に乗って、もりもり食べ始めるでしょうからね〟
夏が近づいた。そして若い女性はヤルタに発った。
一九〇〇年六月三日　〝どうしていらして？　私の友情をあなたにお送りします。マーシャ*にもエヴゲーニア・ヤコヴレーヴナ（チェーホフの妹と母）にも同じように。ママがあなたによろしくですって。オリガ・クニッペル〟

……………………………………

一九〇〇年八月六日　セバストポル、カルコフ間
〝こんにちは、あなた！　夜はどう過ごされて？〟
二人の愛人関係はクリミアで始まった。もしかしたらヴェーラ・コミッサルジェーフスカヤが空しくチェーホフを誘惑しようとしたグルズーフで、もしかしたらヤルタの家で。女優は夜、皆が眠っている時、書斎の作家に会いに来た。庭ではアントン・パヴロヴィッチが植えたアカシアが丈高く、しなやかに育っていた。〝ほんのちょっとでも風が吹くと、アカシアはもの思わし気にうねって、身を屈めます。そうした動きの中には、何か夢幻的なもの、不安でノスタルジックなものがあります〟
チェーホフとオリガ・レオナルドーヴナは二人して月が照らす、イタリア風の大窓からそれを眺めた。海鳴り、木々を渡る風のそよぎが聞こえた。路上では、この美しい夜、にぎやかに繰り出した旅行者たちの笑い声が響いた。若者たちが山の中で灯をともし、月の光を浴びていた。彼らの唄声が白い館まで届いて来た。チェーホフの母と妹はそれぞれ静かな小部屋で大分前に眠りに就いていた……

二人を起こさないように気を配る必要があった。この屋根の下での女優との情事は二人の顰蹙を買うだろう、と彼は思った。オリガ・クニッペルは二人の女がとっくに全てを見抜いていると思っていた……しかし、結局、二人は静かに話し、キスと笑い声を押し殺した。彼女はこんな夜、彼とのおしゃべり、面白いお話、子どもっぽい遊び（シニョンを解いて、髪を肩に広げ、魔女を演じるような）が好きだったし、その全てが作家を楽しませ、その心に触れた。彼女は長い時間をかけて二人で飲むカフェを用意した。それから二人は黙った。夜の終わりに、彼は暗闇の中で踏み段が大きな音を立てる階段まで彼女を連れて行った。

しかし夏は流れ去り、二人はまた別離を迫られた。彼は期待された言葉を口にしなかった――結婚の日取りを定めなかった。彼はためらっていた。彼女を舞台から奪い去れるだろうか？　彼女はそれを望むまい、そして彼はそんな犠牲を求めるには、他人の自由を尊重し過ぎた。だが、彼女が演劇に留まり、病身の彼がヤルタにいるなら、この結びつきは何だろう？　またしても孤独、〝楽しくも、ひどくもなく、まずまずで〟流れていく暮らし、空しい日々、唯一の見通しとして近づく死、出来事としてたまに訪れるファン、新聞を読んで、夜は熱が出て。そして彼女は、その間、モスクワで、〝五時半まで金色のイヴニングドレス姿で〟踊り続け、ちやほやされ、讃美され、彼から実に、実に遠くで暮らし続ける。彼は嫉妬してはいなかった。自分の幸福、成功を喜んでいた。とは言え、彼も一人の男……愛する人は自分一人のものであってほしかった。彼が何日かモスクワで過ごしに来た時、彼女は彼が望んだように、全ての思い、全ての時間を彼に与えることができなかった。〝そっちに行ったら、またペトロフスコエ・ラズウーモフスコエ（モスクワ周辺の公園）に行こう。ただしそれには一日がかりで行くこと、秋晴れで、君がご機嫌麗しく、絶えず稽古に行かなくちゃなんて言わないこと、だ〟（一九〇〇年八月二十日）

〝冬には、君は私がどんな男か忘れてしまうだろう。私だってほかの女を愛すだろう。君とよく似たほかの女と出会ってね。それで何事も元通りになるわけさ……〟

〝明日、母がモスクワに発つ。もしかしたら、私もじきに発つかもしれない、それが完全に馬鹿げていようとね。何のために発つんだ、一体何のために？　二人で会って、そしてまた出発するため？なんと興味深い話じゃないか……〟

時折、自分をしっかり抑え、自分の感情を表すのに非常に慎み深い彼の口から、不平や非難が漏れる。

〝君は恐ろしく冷淡だね。もっとも女優にはそれがふさわしいんだ。怒らないで。わざとそんな風に言ったまでさ……〟

しかし彼女は彼を愛し、彼を自分のものにすると、きっぱり決意していた。ロシアでは多くの場合、こういう事を決めるのは女だった。穏やかで、夢見がちで、受け身な性格の男は、自分の人生を進んで相手の手中に委ねた。

彼女の周囲の誰もが恋愛話を知っているか見抜いていた。アントン・パヴロヴィッチは勿体ぶって妹に書いた――　〝当方よりオリガ・クニッペルにご挨拶を〟

〝私たちは二人とも笑いました――ああ！　あなたは大きな子どもね……〟　オリガは答えた。

だが、時折、彼女は不安になった。彼は滅多に手紙を書いてよこさない。もう私に会いたくないのかしら？　私に何を隠しているのかしら？　また知らない人のところに発つって本当？　どうして？　モスクワに何日かでも来ないかしら？　美しい季節だった。彼女は女の流儀で沢山質問を並べ、手紙の行間から読み取ったチェーホフのただ一つの問いかけ（言葉で書かれてはいない、それは事実）に答えることを拒んだ──君はいつか、僕一人のものになるのか、それとも永遠に僕と演劇が分かち合うのか？

彼女はその時心憎い女のこずるさで声を上げた。

〝情ぶかいやさしい心があるくせに、なぜそれをわざわざ硬くなさるの？〟

諍《いさか》い、言い訳、決して完全には見せない思いを見せようと空しく試み、成功するはずがない互いの魂の発見に精魂を使い果たす二人の対話。チェーホフはそうした類《たぐい》に一切耐えられなかった。諦めて黙っている方がましだった。

彼は悲しくこの素敵な手紙を書いた。

〝ヤルタでは、ずっと雨が降らない。カラカラさ！　哀れな木々、特に山のこちら側の木々は、夏の間中一滴の雨にも恵まれず、今は黄色くなっている──同じように、人間にも一生の間、一滴の幸福にも恵まれないことがある。きっと、それはそれで仕方ないんだ〟（一九〇〇年九月二十七日）

人生は続くさ、彼は思った。オリガは来て、また去って行くだろう。自分が本当の家庭を持つことはあるまい。きっと、それはそれで仕方ない？

しかし彼が改めて彼女をヤルタに招いた時、彼女は憤然と拒否した。彼女は愛人として夜こっそり彼に会いに行くことなど続けたくなかった。〝あり得ないわ、あれほど敏感な心をお持ちのあなたが、

私を呼びつけるなんて！　あなたが分からないなんて、あり得ることかしら？〟（一九〇一年三月三日）

チェーホフ老婦人の辛そうな眼差しにもマリアの驚きにも耐えられない、と彼女は言った。〝あの夏どんなに辛かったか、どんなに苦しんだか覚えてらっしゃるでしょう。私たちいつまでこそこそしなきゃいけないの？　それにいったいどうして？……あなたが私に対してまた冷たくなったような気がするの。もう前みたいに愛してない、私があなたの家に行って、あなたの周りを回っていれば単に楽しい、それだけだって。私を身近に思ってないって〟

その間も、彼女は演劇生活を続けていた。モスクワで、巡業で、サンクトペテルブルグで演じた。

一九〇一年三月のことだった。首都で暴動が勃発した。カザン大聖堂前の広場で、コサック兵が民衆にナガイカ（鞭）を揮《ふる》った。学生、娘たちが殺されたり負傷した。他の大都市でも血が流れた。モスクワ芸術座一座はコンタン（サンクトペテルブルグの有名なレストラン）でディナーをとっていた。オリガ・クニッペルは小さな刺繍の襟のついた黒いビロードのドレスを着ていた。サンクトペテルブルグではスタニスラフスキーの演出、イプセンの戯曲、チェーホフの新作戯曲――「三人姉妹」が熱く論じられていた。

＊　チェーホフの妹マリア・チェーホフの愛称。

〝もし君が私たちの結婚を、それが済むまでモスクワで誰一人知らないようにするって約束してくれるなら、私は着いたその日に君と結婚しよう、君がよければね。どういう訳か、結婚式やら、祝辞やら、ちょっと微笑みながら手に持ってなきゃならんシャンパンやらがひどく怖いんだ〟（一九〇一年四月十九日木曜日）

この通り、若い女性が想像し、心配した全て（チェーホフの唐突な冷たさ、行き違い、無数の妄想）はこれに帰着した――内気、男の恥じらい。彼女はにっこりし、おそらく改めて、彼が大きな子どもでしかないと思い、彼の望みを全て受け容れた。結婚は事実、チェーホフの最も身近な親戚さえ知らなかったほど、謎に包まれていた。弟のイヴァン・パヴロヴィッチは結婚式の当日彼に会いに来たが、何も分からなかった。一九〇一年五月二十五日金曜日、モスクワの小さな教会で、作家と女優は、法律が求める四人の証人だけが立ち会う中で結ばれた。チェーホフの機嫌を損ねないために、敢えてディナーにさえ招かなかったオリガ・レオナルドーヴナの母に手短な訪問を済ませると、二人はすぐにニジニ・ノヴゴロドとヴォルガ河畔に出発した。モスクワでは医師たちはアントン・パヴロヴィッチの健康に満足せず、馬乳療法を命じていた。この医療は世紀初頭のロシアで大きな成功を収めたようだ。トルストイが時々同様の療法をやったことが分かっている。

チェーホフと妻はヴォルガ河畔のサナトリウムで春を過ごし、それからまたヤルタに向けて出発した。だが二人が長く一緒にいられるはずがなかった――秋、演劇シーズンの幕開けだった。オリガ・

クニッペルは夫をクリミアに残し、モスクワに戻った。

奇妙な生活が始まった。愛する二人にとって身を苛《さいな》まれる生活だった。絶え間ない別離、後悔、行き違い、空しい期待、嘆き、チェーホフにとっては絶え間ない孤独。

結婚前に、彼はオリガ・レオナルドーヴナに書き送った。

〝咳で全精力を奪われてしまう……将来については君が考えておくれ。先生になっておくれ。君が言うとおりに、私は行動しよう〟

確かに、彼は彼女の中にある熱情、生命力、もしかしたらとても女性的で、とても優美な外見の下に隠されたある男性的な冷徹さを愛していた。彼女はしょっちゅう泣いた。彼女には〝私の神経〟があった。彼だけがそれを慰め、鎮めてくれる、自分には彼が必要、と彼女は言った。しかし、現実に、彼は自分を必要としない彼女をまざまざと見ることを強いられた。そして彼がどんな生活を彼女に提供できただろう？　侘しく活気のないヤルタでの看病生活。仕事をし、旅をし、楽しみ、学び、一言で言えば、生きることができる彼女に。それ以外のどんな人生も彼女にとっては犠牲であり、彼は犠牲を求めたくなかった。ラテン人ならもっと話は簡単だっただろう。だが彼女は北欧人だった――男への絶対的献身は彼女には辛く思われ、チェーホフの目にも、そんな贈り物は理解しがたく、野蛮に映った。彼女は、彼同様、一人の人間だった。十二分に生きなくてはいけない、そして、彼は……

〝多分、私の運命はこんなものさ〟彼は言った。

彼はたまに不平を洩らした、控え目に、極度のデリカシーをこめて――

〝君がいないんで私はひどく退屈だ。私は子どもみたいに君に慣れてしまった……〟（一九〇一年八月

二十四日）

〝君を愛している。君がいないんで退屈だ。我が歓び、我がドイツ娘、我が可愛い子どもよ。君の二番目の手紙はもう短くなってしまった。君が私に対してもっと冷たくならないか、あるいは少なくとも、私が側にいないことに慣れてしまわないか心配している〟（一九〇一年八月二十七日）

〝自分の妻に私は熱烈に会いたい。彼女が、モスクワがたまらなく懐かしい。だが、どうすることもできない。ほとんどいつもいつも君のことを考え、思い出している。愛しているよ、我がドゥーシャ……〟（一九〇一年十一月十五日）

彼女も苦しんでいた。熱く優しく、激しい呵責の念に駆られながら彼を愛していた。夏の何か月、あるいはクリミアかモスクワで短い間一緒にいる時、二人はとても満ち足りて、とても心静かに過ごした。彼女は完璧に彼の面倒をみた。彼の衣類や食事を買って出た。彼女がいない時、食事はまずく、ストーブも焚かず、女中たちは仕事をなまけた。アントン・パヴロヴィッチの母と年老いた家政婦が彼の世話をしたが、一方は七十歳、もう一方は八十歳だった。彼を満足させようと二人が奮闘しても、結果はパッとしなかった。確かに、チェーホフには妻が必要だった。そして彼女は病身で孤独な作家、〝その優しく愛《いと》しい顔〟〝思いやりのある愛撫するような目〟を悲しみをこめて思った。そこで、彼女は書いた。

〝私はあなたと一緒にいたいの。舞台を棄てなかった自分を罵っています。自分の中で起きることが自分自身分からず、それが私を苛立たせます……あなたがそちらで悲しく、退屈なさって、こちらで私は自分の愛に全身を捧げる代わりに、かりそめの仕事をやっていると思うと、たまらない気持ちになります〟

彼女は彼にそう書き送ったが、彼が同意するふり〝君が演劇を棄てたい？　本当？〟をするとすぐさま、大声を上げた。

〝仕事なしでは、私はまるで退屈してしまうでしょう。やたらと苛立って、右往左往してしまうでしょう。仕事をせずに暮らす習慣は失くしてしまいました。それに、あんなに苦労して得たものを一瞬で台なしにするほど、私は若くありません〟

それは心の叫びだった。精力的で才能溢れる女性にとって、本来の野心を棄て去るのは辛かった。チェーホフはそれを理解した。彼はこれ以降、一切不平を慎み、その上、非常に気高い心配りで、妻を慰め、安心させ、彼女に罪はないことを分からせようと努めた。

〝君と私が一緒に暮らさないのは、君のせいでも私のせいでもない。私の中に細菌を、君の中に芸術への愛を植えつけた悪魔のせいさ〟

そしてこんな風に、二人の生活は続いた。オリガ・クニッペルはモスクワか、サンクトペテルブルグにいた。芝居の成功、厳しくも実り豊かな仕事、最も高名な男たち、最も華やかな女たちとの友情――それが若い女優の幸せな分け前だった。このシーズンはマキシム・ゴーリキーの初期の戯曲を演じた。人々はこの新進作家に熱中した。イプセンやズーダーマン*1が論じられていた。根性のねじれた年寄の役人たちが「ワーニャ伯父さん」の台詞や「三人姉妹」の嘆き――モスクワへ！　モスクワへ！　に涙した。そして舞踏会、公演後の夜食、花束、お祭り騒ぎ！　オリガ・レオナルドーヴナは彼女自身のため、自身の才能のためと同じくらい、アントン・パヴロヴィッチの妻であるために喝采を浴びた。彼女は知的で華のある女優と言われていた。ゴーリキーの「どん底」ではえらくあだっぽい女の役をやすやすと演じた。ネミロヴィッチ・ダンチェンコの戯曲の中では、ある時は浮浪者のぼろ着を、またある時は高級娼婦の燃えるように赤いドレスを、同じように楽しんで着た。この芝居では衣装代に千二百ルーブル費やすことが承認されていた。〝第二幕では、輝くスパンコールに被われて炎のように輝く赤いイヴニングドレスを着るでしょう〟芸術座の俳優たちは舞台への興味だけに限られた、別世界には生きていなかった。彼らはどこでも歓呼の声で迎えられた。ツァーリの前で演じた。貧乏学生からも、貴族からも、高級官僚からも、富裕な商人からも拍手喝采を浴びた。ロシア全体がこの俳優たちを知っていた。彼らは追従、称讃の空気を吸っていた。

ゴーリキーは書いている。〝芸術座はトレチャコフ美術館、聖ワシリー大聖堂、モスクワ最良の全てと同じくらい美しく、重要だ〟

若い一座は自分たちに寄せられる期待、自分たちが抱かせる誇りを意識していた。成功する度に一座は改めて新しい力を与えられた。過《あやま》つ度に、挫《くじ》ける代わりに奮起した。こうしてどれだけあっという間に時が経ったか！　稽古は長く、綿密だった。準備作業がまるごと歓び、熱中だった。花形役者の不在、一座の団結、共同の利益のための犠牲と無私の精神、その全てが舞台を理想化し、高めていた。オリガ・クニッペルの手紙の中で、ギャラはほとんど、宣伝は全く、妬み嫉みか色恋沙汰はごく稀にしか話題にならない。しっかりやってのける仕事への異様なほどの愛が彼女を元気づける。そして仕事の後は、娯楽が彼女の生活の大きな場所を占める。ある時は友人の家での食事。〝全部とても良かったわ――小さなマッシュルーム、ニシン、ザクースキ[*2]、口の中で溶ける素晴らしい小さなパテ、チョウザメ、野菜を添えたお肉、チョコレートアイスクリーム〟ある時は俳優たちが、自分たち、友人たちのために見世物をやった。〝私たち朝の四時まで結婚式をやりました。一種のバカ騒ぎ……私は猫と鼠を演じました〟ある時はオリガ・クニッペルの家に集まった。〝ごった返すアパルトマンで、飲んで、食べて、歌って、踊りました〟それから、クリスマスツリー、また朝十時まで続く食事、実際ようやく七時頃になって、それまでむっつりしていたシャリアピン[*3]が突如機嫌を直し、ジプシーの唄を歌い始めた。

〝君はとても楽しそうだね〟アントン・パヴロヴィッチはそう書いた。すると彼女は抗議した。〝こんな私たちのバカ騒ぎをあなたは楽しみなんておっしゃるの？　あらまあ！〟

そして、事実、それは彼女にとって日々の普通で単調な繰り返しだった。夫のもとに走るためにそんな楽しみを一切なげうつことを、彼女は一瞬たりとためらわなかっただろう。彼女を引きとめたもの、それは〝貪欲なる演劇〟だった。

その間、チェーホフの方も、自分の生活を書き送っている――何日か血を吐いたが、今は快方に向かっている。くれぐれも、若い奥さんは心配しないように。湿布をしているが、大きくて厄介だ。ヤルタにはクリームが無い。医者はたくさん食べろというんだが。最善を尽くしているが、時折ほとんど食欲がない。鼠を二匹捕まえたよ。何もしないなんて誰に言わせよう？　雨が降って、寒い。

彼は人と会っていたか？　そう、多過ぎた。〝友人が金曜日まで六百ルーブル借りにきたよ。人はいつでも〝金曜日まで〟私から借りるんだね〟妻は二三日そばで暮らしに来れないものか、それ以上は？　だめか？　無理か？　しかたがない！　クリスマスは来るだろう？　だめか？　新作の稽古？

全部の日が取られる？ 彼を苦しめて申し訳ない、と彼女は思った。私を待っているの？ 可哀そうなアントン！ いや違うぞ――〝お祭りには君を待っていない。こちらに来てはいけないよ〟彼は書いた。〝仕事をしなさい。まだまだ一緒に暮らす時間はあるんだから。君を祝福する、私の可愛いお嬢ちゃん〟ひょっとして四旬節最初の週の間、彼女はなんとかして彼に会いに来れるか？

ああ、貪欲なる演劇！ そう、彼女は四、五日、舞台から無理やり身を引き離し、やって来て、家庭らしきものを作った。大きな肘掛け椅子で彼の隣りに坐ったり、彼の足元にひざまずいたりした。彼に演劇の話をし、彼が一番好きな歌曲を歌った。彼女は再び去り、彼は一人残った。日向《ひなた》のベンチに坐りに行き、お気に入りの動物たち、犬やしゃがれた変な声で鳴くコウノトリに囲まれた。薔薇の木の枝を伐採したが、疲れすぎてしまった。息切れを感じ、またベンチまで身を引きずった。

彼は書いた――〝神が君とともにあらんことを。陽気で健康でいておくれ。意地悪な亭主に、もっと長い手紙を書いて。機嫌が悪い時、君は老けて、輝きをなくす。陽気でいるか普段通りなら、君は天使さ〟（一九〇一年十二月十五日）

彼女は朝の八時まで飲んで踊った。〝どれだけ私が羨ましいか、君が分かってくれたら！ 君の元気さ、瑞々《みずみず》しさ、健康、上機嫌が羨ましい……〟〝私は修道士のように暮らしているよ。君一人だけを夢に見て……〟

そう、それは奇妙な結びつきだった。愛は存在した、疑問の余地なく、双方同じように、熱烈に。だが普通の成り行きとは反対に、相手の幸福ために自分の幸福を犠牲にするのは男で、犠牲を受け容れるのが女だった。この役割の逆転は常軌を逸しているに違いなく、オリガ・クニッペルの魂に激しい悔恨の念を呼び覚ました。決して、彼女は充分に幸福にはなれなかった。

二人は自分たちを隔てるものについて滅多に話さなかった。そうしたところで何になる！　老けるにつれ、作家は増々寡黙に、慎み深くなっていた。不平をこぼしたくも、願いを口にしたくもなかった。あらゆる言葉が偽りだった。誰も他人を理解することはできない。とりわけ、お説教、小言、偉そうな言葉は慎まねばならない。全て無益だった。人は一人で生きたように一人で死ぬ。愛も友情もこの孤独を軽くしない。口を閉じねば。何も言わずに何事にも耐え、身を屈めなければ。〝耐えよ、そして口を閉じよ……人が何と言おうと、自分にどう思えようと、口を閉じよ、ただ口を閉じよ〟

彼は全力を揮って静穏、恬淡《てんたん》であろうとした。容易ではなかった。戯曲と本の成功、妻、健康、人生、彼には多くのことに拘《こだわ》りがあった。全てが彼から奪われてゆくだろう、少しずつ。

彼は書斎の中で横たわっていた。熱があり、ため息をついた。

〝死ぬまでの間生きる、それはそんなにおかしくない。だが早々に死ぬと分かりながら生きる、それはまるで馬鹿な……〟

人生には何の意味もない。少なくとも、人間がそれを見出すことはできない。それは人智《じんち》を超えている。人間が力を持つのは、ただ自分自身、自分の魂にだけだ。忍耐、礼節、尊厳、冷静さの力で、人が自分の魂を練り直すことはできる。チェーホフはおそらく、それだけを固く信じていた。

彼がどれだけヤルタを嫌ったか！　クリミアは美しかった、だがヨーロッパ風で同時にプチブル的なこの都市は見本市のようだった。〝箱のような屋敷、そこでは不幸な肺病患者、タタール人の傲慢な顔が萎《しお》れていく……ヒマラヤ杉と海の香りの代わりに香水の匂い〟ヤルタはいつでも彼には不快だった。今や耐え難かった。どれほど逃げ出したかったか！　三人姉妹は繰り返す――〝モスクワへ！モスクワへ！〟それはチェーホフ自身の反映に他ならない。モスクワ、鐘の音、凍てつく大気、橇、その全てが恋しかった。モスクワ、それは生命、演劇、愛！　こちらで、彼は海辺をあてもなく散歩した。痩せて、足取りは軽く、優しいほとんど女性的な目をした男だった。皺の深い顔は曇っていた。髪はいつも長すぎ、あごひげは手入れされていなかった。娘たちはうっとりと彼に見とれた。ヤルタの活気のない並木道の奥に彼は白い小さな家を建てさせた。そこで母とともに暮らした。部屋はいつでも静かで寒かった。夜になると仕事机の上で二本の蠟燭が輝いた。時折、彼は一日中肘掛け椅子で目を閉じ、じっと動かなかった。老母はためらい、ため息をついた。（彼が健康について語るのが好きでないことを、彼女は知っていた）それからもうこらえきれず、彼に近づいておずおずと尋ねた。

〝苦しいの？　アントーシャ〟

彼は答えた。

〝私が？　いや、何でもないよ。ちょっと頭が痛いだけさ〟

具合が良くなると、彼は庭に下り、そこから遠からぬ、太陽に照らされたタタール人の墓地を眺めた。自分の軽率な願いを時には思い出しただろうか？――〝……来る日も来る日も、朝から朝へと続いていく幸せ、それには耐えられません。素晴らしい夫になることはお約束しますよ。でも、月のように、毎日私の視界に現れないような細君をお与えください〟（スヴォーリンへの手紙、一八九五年）

＊1　ヘルマン・ズーダーマン　一八五七～一九二八　ドイツの劇作家、小説家。

＊2　ロシア料理やウクライナ料理で提供されるビュッフェ形式の前菜。
＊3　フョードル・シャリアピン　一八七三～一九三八　ロシアを代表するオペラ歌手。

33

チェーホフは「桜の園」を書いた。彼は陽気な戯曲、ヴォードヴィルにしたかった。おそらく生活の悲しみを断ち切るために。少しずつ、知らず知らずのうちに、「桜の園」は悲劇になった。そこでは全てが死の匂いを嗅いでいる。チェーホフは没落貴族、取り壊される運命の素晴らしい領地、身を護る術のない悲しく穏やかな人々を取り上げた。「桜の園」の中に、人はバブキノの思い出、ウクライナの夜のこだま、リントワリョーフの屋敷、失われた歳月、姿を消した人々、チェーホフの青春の大きな部分を再び見出す。過去しか書くことができない、と彼は言った。〝題材は私の記憶を通して濾過《ろか》され、重要か典型的なものだけがそこに残らなくてはいけない〟ロシアの田舎から離れて生きる今、そこが改めて彼の前に姿を現す。「桜の園」は、当然、モスクワ芸術座に向けられていた。この年（一九〇三～一九〇四）医師たちはようやくチェーホフがヤルタを去ることを許可した。彼は嬉しかった。愛する雪と氷の風土をやっとまた見られる。毛皮つきのコートと毛皮の帽子を眺めて彼は子どものように歓んだ。

オリガ・クニッペルは書いた。〝運命は彼を歓ばせ、遂に、短い季節の間、彼にとって大切な全てを与えようと決めたようです……モスクワ、冬、そして演劇！〟

「桜の園」は大成功だった。好評を博したチェーホフの三つの戯曲（モスクワ芸術座の「かもめ」、「ワーニャ伯父さん」、「三人姉妹」）は作者不在の中で上演歴が始まっていた。彼は失敗にしか立ち会ったことがなかった。だがこの年、断然、運命は彼に微笑んでいた。観客は「桜の園」の最終幕で、弱々しく蒼ざめた一人の男――アントン・チェーホフが舞台に上るのを見た。〝とても注意深く、とても真剣に〟彼は自分に向けられた喝采に耳を傾けた。人々は作家に感嘆し、人間を尊敬していた。彼の中の、〝ロシアのモーパッサン〟のみならず、尊厳と勇気をもって生きた一人の人間に祝福を送った。メーリホヴォの疫病の間、彼がいかに農民の面倒をみたか、（金のあったためしがなく、貧しく死んでいくだろう彼が）ヤルタの貧民、肺病患者をいかに援けたか、人々は語った。とりわけアカデミーへの辞任状の文言を小声で繰り返し語った。彼はしばらく前に、マクシム・ゴーリキーと同様に会員に選ばれていたが、ツァーリは政治的理由からゴーリキーの選出を撤回させ、チェーホフはそれ以上アカデミー会員の座に止まることを拒否していた。この晩彼を迎えた拍手喝采の中には、一部にスノビズムが、一部にデマゴギー（大衆扇動）があり、疑いなく、チェーホフはそれを感じていた。そして彼の眼差しを鋭く、真剣にさせたのは、おそらくそれだった。決して、彼は騙されなかった。この騒動を非常な上空から見下ろしているようだった。だがこの栄光の煙の中に、純粋な愛と尊敬のエッセンスが残り、彼はそれが嬉しかった。立ったままでいるのが彼には辛かった。人々は叫んだ。「おかけください！　楽にしてください、アントン・パヴロヴィッチ！」

彼は拒み、誰かがほぼ力づくで、舞台上に引きずり出した大きな肘掛け椅子に彼を坐らせた。この時、彼は一段とか弱く、一段と蒼ざめて見え、誰もが不治の病を宣告された人間を前にしていることを理解した。一九〇四年一月十七日のことだった。ちょうど四十四年前、タガンローグのあばら家で、雑貨店の息子は生まれていた。彼はもしかしたら遠い少年時代を、もしかしたら近づく死を思ったかも知れない。

夏の初め、彼は妻とともにバーデンワイラーに向けて発った。シュヴァルツヴァルト*（黒い森）の中にあるきれいで清潔なドイツの温泉町だった。彼は何日かベルリンで過ごした。ドイツの医師たちは、彼の心臓に疲れの兆候があることに気づいた。肺に関しては、生きられてもあと六か月か八か月、それ以上は無理というくらい蝕まれていた。それでもなお、オリガ・クニッペルはあらゆる希望を失わなかった。チェーホフ自身は機嫌良く、まずは満足して日々を過ごした。仕事と旅の計画を練った。とはいえベルリンを去るにあたって、彼は自分に支払われるべき金を妻名義の口座に払うよう命じた。話しを向けられた友人は驚いた様子でそうしたい理由を尋ねた。チェーホフはためらい、それからそっと肩をすくめて言った。

「まあ、念のためにね」

彼は美しい庭園に囲まれた、居心地のよいホテルを見つけた。部屋には夜の七時まで陽が射した。彼はバルコニーに腰かけ、街、通行人、遠くの山々を眺めた。辛い喘息の発作に見舞われた。ほとんどしゃべらなかったが、時々、茶目っ気のある表情が熱でやつれた顔をかすめた。彼はおかしな作り話を語った。優しく軽く、いかにもチェーホフらしい作り話は、涙が出るほどオリガ・クニッペルを笑わせた。死が近づくにつれ、彼は増々冷静に、我慢強く、穏やかになり、また増々遥かに遠ざかった。知らぬ間に内に閉じこもり、改めて魂の奥底に孤独の一画を見出していた。そして突然、七月の暑い日中、具合が悪くなった。三日間、妻は彼の生命を案じた。ようやく持ち直したようだった。心臓は持ちこたえていた。夜になる頃、大分よくなったと妻に言った。

「だから散歩にお出で。公園の中を走っておいで」彼は弱々しい声で呟いた。

彼女は彼から離れなかった。心配だった。それでも彼は言い張った。そこで彼女は公園に下りて行った。彼女が戻った時、彼は心配そうにしていた。なんで君はディナーを摂らない？　お腹が空いてるだろうに。最後の瞬間まで、彼は自分より彼女のことを気にかけていた。だが二人ともディナーを知らせる銅鑼《どら》を聞いていなかった。オリガ・レオナルドーヴナはアントン・パヴロヴィッチのベッドの側の小さなソファーに横になった。彼女は黙っていた。心が沈み、疲れていた。後に彼女は語っている。〝こんなに最後が近いなんて、ほんのちょっぴりも思っていなかったのですが〟

彼女の気を晴らそうと、彼は話を想像し始めた。〝とても素敵な温泉町だよ。食い足りて太った温泉客でいっぱいだ。赤いほっぺたをしたイギリス人やアメリカ人で、健康だし食うことが大好きときてる。さて、皆が美味しいディナーを夢想しながら帰ってくると、料理人が行方をくらましてた〟さて、甘やかされた幸せな皆さんは、この運命の一撃にどう対処するでしょうか？　彼が話し、オリガ・レオナルドーヴナは笑いながら聞いていた。夜が更けた。ホテルも小さな街も、少しづつ静まり、森や丘に囲まれて眠りに就いた。病人は黙った。しばらくして、彼は妻を側に呼び、医師を探すように頼んだ。オリガ・レオナルドーヴナは言っている。「人生で初めて、彼は自分から医師を求めました」

ホテルは人でいっぱいだったが、皆眠っていて、チェーホフの妻はこの無関心な群れの真ん中で、なお一層見捨てられ、孤独な自分を感じた。近くに二人のロシア人の学生が泊まっていることを思い出し、二人を起こした。一人が医師を探しに走り、オリガは瀕死の夫の心臓に当てるために氷を砕いた。彼は彼女をそっと押しのけた。

「空っぽの心臓に氷を当ててもね……」

七月の暑い晩だった。窓を全部開け放っても、病人の息は苦しそうだった。医師はカンフル剤を注射したが、心臓は活発にならなかった。お終いだった。シャンパンが運ばれた。オリガ・クニッペルは書いている。〝アントン・パヴロヴィッチは坐り、一種重々しく、ドイツ語で医師にはっきり言いました。(彼はドイツ語が大の苦手でしたが)〟Ich sterbe〝「私は死にます」それからグラスを取り、私の方を向いて、素晴らしい微笑みを浮かべて言いました。「シャンパンを飲むなんて久しぶりだよ」彼は静かに底まで全部飲みました。それから左向きに静かに横たわったのです〟

大きな黒い蛾が、ちょうどその時、部屋に入って来た。壁から壁へ飛び移り、火の灯ったランプに身を投げ、羽根が焼けて、苦しそうに落ちた、そしてめくら滅法、必死に力を振り絞ってまた飛んだ。それから穏やかな暗い夜に開かれた窓を見つけ、姿を消した。その間に、チェーホフは、語り、息をし、生きることを止めていた。

＊　フランスと国境を接するドイツ南西部にある山岳地帯。

エピローグ

時が過ぎた。ロシアは日本との戦争[*1]、敗戦、一九〇五年の革命[*2]を知った。この年、一九一四年、更に恐ろしいもう一つの戦争[*3]、二回目の敗戦、更に残酷な革命が近づいていた。

病身のマキシム・ゴーリキーはフィンランドで暮らしていた。ある晩、彼は十年前に姿を消した友、チェーホフを思い出して、書いた。

〝五日前から熱がある。だが寝る気にならない。フィンランドの憂鬱な小雨は地面を湿った塵で被う。ジュノの要塞で大砲が轟く……夜、投光器がその舌で雲を舐める……光景は恐ろしい、現にそれは悪魔の呪い――戦争を忘れることを許さない。

私はチェーホフを読んだところだ。彼が十年前に死んでいなかったら、戦争が、おそらく彼を殺しただろう。彼の心を人間に対する憎しみで満たしながら、前もって彼に毒を盛ったかもしれない。私は彼の埋葬を思い出す。

モスクワが〝あれほど優しく愛した〟作家の棺《ひつぎ》は、扉に大きな文字でこう書かれた緑の貨物列車で到着した――牡蠣。駅に集まった群衆のさほど多からぬ一部が、間違えて満州から運ばれたケルレル将軍[*4]の棺に着いて行ってしまい、チェーホフが軍楽隊の音で埋葬されるのを見てびっくりした。やっと自分たちの間違えが分かった時、陽気な連中は微笑んだり、にやにや笑ったりし始めた。チェーホフの棺の後ろを百人ほどが進んだ。それ以上はいなかった。私は特に二人の弁護士を覚えている。二人とも婚約中と言われそうな新しい靴と派手なネクタイを身に着けていた。彼らの後ろを歩いていた私は、その一人、ヴァッシーリ・A・マクラーホフが犬の知能について語り、知らないもう一人が別荘の快適さと風景と周囲の美しさを吹聴《ふいちょう》するのを聞いた。刺繍の入った日傘を持ち、薄紫色のドレスを着た婦人が、鼈甲の眼鏡をかけた小柄な老人を説得しようとしていた――「ああ！　あの方はことのほか紳士で、それにとても精神的でいらしたわ！」老人は信じぬ風で、軽く咳をした。日中は暑く埃っぽかった。肥えた馬に乗った肥えた警官が厳かに行列を先導した〟

だがこの無関心な群れの中に、チェーホフの妻と老母が隣り合わせでいた。地上の誰にも増して、チェーホフは彼女たちを愛していた。

＊1　日露戦争はチェーホフが死んだ年一九〇四年の二月に開戦。チェーホフはこの戦争に強い関心を抱いていた。

＊2　ロシア第一革命「血の日曜日事件」を発端に全国ゼネストに発展。一九〇七年、ストルイピン首相のクーデターにより終結。

＊3　第一次世界大戦　一九一四　七月～一九一八　十一月　戦争の過程に勃発した一九一七年のロシア革命によりロマノフ王朝が崩壊、ソヴィエト政権が樹立された。

＊4　フヨードル・エドゥアルドヴィチ・ケルレル伯爵　一八五〇～一九〇四　ロシア帝国の軍人、貴族。日露戦争の摩天嶺の戦いで戦死。

「チェーホフの生涯」について

イレーヌ・ネミロフスキーが「チェーホフの生涯」に着手したのは年譜によれば一九三九年十一月である。同年九月一日、ドイツ軍はポーランドに侵攻し、九月三日、フランス・イギリス両国はドイツに宣戦布告する。本書は第二次世界大戦の勃発とほぼ同時に着手され、戦火の中で執筆された作品である。ユダヤ人作家にとって極度に困難な状況下で、生前の刊行は果たされず、彼女の獄死（一九四二年八月）と終戦を経た一九四六年、アルバン・ミシェル社から刊行された。作家の死後、日の目を見た最初の作品である。

一九三九年、彼女は「アダ」を『カンディード』誌に連載し、「秋の火」の草稿に着手している。それから死に至る三年足らずの間に「この世の富」「血の熱」「秋の火」そして未完に終わった「フランス組曲」といった力作長篇が相次いで執筆される。生前一つとして刊行に至らなかったが、それは極度に抑圧的な状況を睨み返す、作家としての激しい意欲と才能の燃焼だったに違いない。

これら晩年の作品群に先立ち、何故この緊急時に彼女としては異色の伝記作品が書かれたのか？後続作品が如実に示す通り、彼女はアイディア、モチーフ、ストーリーを非常に豊富に持つ作家であり、作品の題材は描ききれぬほどあったと思われる。しかも作家としての持ち時間が次第に脅かされる状況下での執筆には、よほどの内的必然があったと考えるべきだろう。

イレーヌ・ネミロフスキーの作品世界には、大別して三つのドメインがある。第一は彼女が憧れ、そこでの安住を願ったフランスの市民社会、第二は自らの出自であり、運命を決定づけたユダヤ、第三は追放された郷土—ロシアである。邦訳された作品で例示すれば「この世の富」「血の熱」「秋の火」「フランス組曲」が第一に、「ダヴィッド・ゴルデル」「アダ」が第二に、「秋の雪」「クリロフ事件」「孤独のワイン」が第三に属すると考えられる。第二、第三は必然的に多くの場合重なり合うが、彼女の非常に数多い短篇も概ねこの三つのドメインに整理することができるだろう。

それぞれのドメインは作家の中で抜きがたい位置を占めており、私見によれば、注がれる熱量に差はない。当然読者の好みは分かれるだろうが、作品の価値に関わるものでもない。だがここで気づくのは本書以降に書かれた長篇作品が全て第一のドメインに属することである。日に日に切迫の度を加えるフランス社会は多様な人間ドラマを生み出す。それをアクチュアルに捉えることが作家として喫緊のテーマとなったこと、また一方でユダヤを語ることが危険を超えてほぼ不可能になったことがその原因として考えられる。さらに推測になるが、彼女には「アダ」「魂の師」（一九三九年発表・未訳）によって同時代のユダヤ人の心性を徹底して描ききったという思いがあったかも知れない。

では第三のドメイン、失われた郷土—ロシアは？「フランス語で書くロシア作家」と言われる通り、彼女にとってロシア語は母語であり、ロシアは魂の故郷であった。一九三一年に発表された初期の傑作中篇「秋の雪」は、当時新進気鋭の批評家、ロベール・ブラジャックに「マダム・ネミロフスキーはフランスの形式の下に、ロシアの大いなる憂愁を描き出した。……読み継がれていく感動と真実の詩的作品」と称讃されている。彼女は早くからプーシキン、トルストイ、ツルゲーネフ、チェーホフ等ロシア作家の作品に親しみ、移住の地、パリではソルボンヌ大学ロシア文学科で世紀末のロシア詩人等を学んでいる。中でもアントン・チェーホフはその生地タガンローグが彼女の生地キエフと地理上比較的近く、両者の作品の中では、時に、同じスラブの風が吹き抜ける。おそらく作家ネミロフスキーは迫り来る戦火を前に、精神の拠り所として、失われたからこそ一層貴重な郷土ーロシアを改めて存分に探索し、描いておきたかったのではないか？　敬愛して止まぬ先達――アントン・チェーホフをモチーフとして。「幼少期が不幸だった作家にとって、その過去から詩の源泉を噴出させることは大いなる恩恵である」という一文は、チェーホフにこと寄せて、横暴な母親に苦しめられた自身の幼少期を語っている。彼女のどれだけの作品の中で読者はこの「噴出」に立ち会うことだろう。ノスタルジーは彼女にインスピレーションを与え続けた。「チェーホフの生涯」はわけてもノスタルジーの書、失われた郷土ーロシアに対すると同時に、作家が全人的に生きることができた時代に対するノスタルジーの書と言えるだろう。

本書14章に「私たちにはこの人々が幸せと思える。彼らは私たちを苦しめる悪を何も知らなかった」という記述がある。一八八〇年代のロシア社会の閉塞状況を手厳しく描き出した後だけに、いささか意表を突かれる言葉である。だが現に戦時下を生きる生活者、作家としてこれは極めて率直な真情の吐露として受け止めねばなるまい。彼女は後に「戦争と平和」を書いたトルストイと自分を比較して、自分たちは「燃え滾る溶岩の上で書いて」おり、そこに現代の芸術の特性がある、と述べている。彼女は革命前の不安なロシアさえ「幸せと思える」黙示録的な危機の世界を生きていた。トルストイ、チェーホフより厳しい時代を生き、それを作品の糧としているという認識が、彼女の強烈な作家的自負を支えていた。

「全人的に生きる」などという言葉はみだりに使うべきではあるまい。だが本書を読まれた方には訳者の意図するところがご理解いただけるのではないだろうか。人生の意味を認めないオプティミスト、進歩を信じペシミズムを否定するニヒリスト、友人、家族、讃美者に囲まれていても常に孤独な男、懐疑的で全てに超然としているが果敢な行動家にして実践者＝アントン・チェーホフは魅力的な謎そのものである。常に人間を可変的、多面的な存在として複眼で捉えるネミロフスキーも、このエニグマティックな先達には思い切って胸を借りることができたようだ。他者への思いやりと、自己の抑制、向上への不断の努力、スピリットとオピニオン、いつも魂の奥底を去らない「孤独の一画」、生涯失わない「内なる自由、自己の尊厳」、そしてあわあわとしたユーモア。苦しみに満ちていても、なんと豊かな人生がここにあることか！

ソフィ・ラフィットはその著『チェーホフ自身によるチェーホフ』で、「チェーホフの深い個性は動的なものであって、否応なしに、絶えざる意識的な完成化に向けられていた。彼の内的生活は、何よりもあの〝永遠の生成〟という性格によって支配されている。彼にふさわしい肖像は不動、不変、固定という形では描かれ得ないだろう。われわれはチェーホフの顔を、その動きにおいて、その精神的動力性においてこそ、つかむように努めねばならないのである」と指摘している。〝永遠の生成〟──この言葉をネミロフスキー最後期の作家ノート（一九四二年）に見出すことができる。「私はこれこそが我々の時代の芸術を他の時代の芸術と分かつと信じている。それは我々が現にある瞬間を彫刻し、焦眉の事柄を扱っている、ということだ。それは確かに揺れ動く。だが、それこそが正に今日の芸術に必要なことなのだ。こうした印象が何か意味を持つとしたら、それは永遠の生成であって、すでに出来上がった何かではないのだ」〝永遠の生成〟は二人の作家を繋ぐキーワードである。本作ではチェーホフのポジティヴな自己完成への努力が繰り返し語られる。その「向上への欲望、自分の精神、作品、魂の上でなし遂げ、その死まで休みなく続いた、ゆるやかで持続的な営《いとな》み」は極限状況を生きるイレーヌを支え、励まし、鼓舞したに違いあるまい。作家が作家に与え得る最も深く強力な影響がここにあるのだ。

さて、イレーヌ・ネミロフスキーの故郷探索はどのように受け取られたか？　フランスに於けるチェーホフ受容の経緯、その中で本書が占める位置は、彼女の盟友ジャン＝ジャック・ベルナールが刊行時に寄せた序文が語ってくれる。また彼女の長女で「フランス組曲」を遺品から発見し、世に送り出したドゥニーズ・エプスタインは二〇〇八年に行われたインタビューで次のように発言している。

「（母の作品で）一番好きなものの中に、バランスを欠いたロシア人、非追放者を扱った作品があります。反対にフランスのブルジョワを描く時は居心地の悪さを感じます。個人的にちょっと損なわれ、ちょっと絶望的な世界が肌に合うんです。……私が本当に大好きな母の本がありません。誰も話題にしませんが素晴らしい「チェーホフの生涯」それから「孤独のワイン」「秋の雪」あるいは「アダ」……」

ロシアへのノスタルジーは母から娘に受け継がれたようである。アントン・チェーホフはバランスを欠く人物ではない。しかし本書でいきいきと描き出される彼の親兄弟は著しくバランスを欠き、正にロシアにしか生息しない人たちと思える。チェーホフは彼らに苦しめられながらも、ネミロフスキーが一時期フランスに対して抱いていたような〝生真面目でちょっと皮肉な愛情〟（作家ノート、一九四〇年）をもって彼らに接する。チェーホフ一家が醸し出す、こうしたロシアのアトモスフェールが、おそらくロシアの血を引くドゥニーズには懐かしく、好ましかったのだろう。

周知の通り、チェーホフに関しては長い年月に渡って膨大な研究がなされており、この国でも、その生涯、作品に精通した読者が数多く存在する。本書はそうした読者に新たなインフォメーションを提供するものではない。しかし、作家と作家の時を隔てた繋がり、それぞれの時代における作家の位相という観点から見れば極めて興味深く、作家の作品群の中で独自の位置を占めるものと思われる。アントン・チェーホフの読者、イレーヌ・ネミロフスキーの読者の間で、ちょっとでも本作が「話題」になれば訳者の本懐である。

本作で紹介されるチェーホフの戯曲、小説、書簡等の多くは、ロシア語に通暁していたイレーヌ・ネミロフスキーが自身、原語からフランス語に訳したものと思われます。日本ではフランス以上に早くからチェーホフ作品が翻訳され、今日に至るまで素晴らしい歴史が刻まれてきました。本作において、書簡、記録等は作者の文章から重訳しましたが、戯曲、小説は、その香気を伝える諸家の翻訳作品から引用させていただきました。

未知谷はチェーホフの紹介において独自の輝かしい成果を上げてきた出版社です。本作を以て、その列に加わることができたのは、訳者として大きな歓びです。

社主の飯島徹さん、編集者の伊藤伸恵さんに深く感謝いたします。

二〇二〇年七月　コロナ禍の長ーい梅雨に

芝　盛行

Irène Némirovsky (1903～1942)

ロシア帝国キエフ生まれ。革命時パリに亡命。1929年「ダヴィッド・ゴルデル」で文壇デビュー。大評判を呼び、アンリ・ド・レニエらから絶讃を浴びた。このデビュー作はジュリアン・デュヴィヴィエによって映画化、彼にとっての第一回トーキー作品でもある。34年、ナチスドイツの侵攻によりユダヤ人迫害が強まり、以降、危機の中で長篇小説を次々に執筆するも、42年にアウシュヴィッツ収容所にて死去。2004年、遺品から発見された未完の大作「フランス組曲」が刊行され、約40ヶ国で翻訳、世界中で大きな反響を巻き起こし、現在も旧作の再版や未発表作の刊行が続いている。

しばもりゆき

1950年生まれ。早稲田大学第一文学部卒。訳業に、『秋の雪』『ダヴィッド・ゴルデル』『クリロフ事件』『この世の富』『アダ』『血の熱』『処女たち』『孤独のワイン』『秋の火』（イレーヌ・ネミロフスキー、未知谷)、ジョン・アップダイク「ザ・プロ」、Ｐ．Ｇ．ウッドハウス「カスバートの一撃」、リング・ラードナー「ミスター・フリスビー」、Ｊ．Ｋ．バングス「幻のカード」、イーサン・ケイニン「私達がお互いを知る年」を紹介した英米ゴルフ小説ベスト５（「新潮」2000年)。2008年以降、イレーヌ・ネミロフスキーの翻訳に取り組む。

チェーホフの生涯《しょうがい》

2020年8月25日初版印刷
2020年9月10日初版発行

著者　イレーヌ・ネミロフスキー
訳者　芝盛行
発行者　飯島徹
発行所　未知谷
東京都千代田区神田猿楽町 2-5-9　〒 101-0064
Tel. 03-5281-3751 / Fax. 03-5281-3752
［振替］　00130-4-653627

組版　柏木薫
印刷所　ディグ
製本所　牧製本

Publisher Michitani Co, Ltd., Tokyo
Printed in Japan
ISBN 978-4-89642-618-2　C0098